Xiron Poetry Club

伊沙诗集·卷一

车过黄河

伊 沙 著

浙江文艺出版社
Zhejiang Literature & Art Publishing House

自序

去年误入微信中学同学圈，唯一正能量的收获是将我第一首诗的写作时间提前了四年，一位女同学晒出了我初中一年级十三岁时写的一首诗——没错，是我写的，再幼稚也是我写的！但是，提得再前，也只是加长了我的“习作期”时间。如此说来，我诗歌的“习作期”应该是 1979 年至 1987 年（竟然长达九年）。我以为，将“习作期”的“习作”拿给读者，对于一个成熟的诗人来说是极不道德的。所以，在此皇皇五卷本《伊沙诗集》中，你们将不会读到任何一首我在这个时期的“习作”，这九年只对我个人的成长有意义。

正如你们在我公开的文字中多次看到的那样，我将 1988 年以后称作我的“创作期”，这部五卷本《伊沙诗集》收录的便是我自1988年至2016年总共二十九年间创作的将近六千首长短诗作，短诗以诗选的面貌呈现，长诗尽可能地呈现。在过去的一个月里，我经历了一次繁浩、严苛、痛苦的海选，苦不堪言，终于编成这五卷自觉可以示人、可以交付时间的《伊沙诗集》。考虑到无限制超长诗《梦》既无法完整呈现，又不适宜做成一部精选本，便只好忍痛割爱了。

因此，我可以说，这五卷《伊沙诗集》加上已出和待出的三卷《梦》，便等于五十岁以前的伊沙诗歌。

在过去的一个月里，我一方面在苦选，一方面在疯写（创造了诗歌生涯里月写一百一十二首的最高纪录），心中充满了奢侈感与幸福感！充满了万千感慨与深深感恩！在上个世纪末，在我三十三岁那一年，得到过一次出版三卷本《伊沙作品集》（诗卷、散文随笔卷、中短篇小说卷各一卷）的良机；在新诗百年，在我五十岁这一年，又得到了出版五卷本《伊沙诗集》的良机，我怎能说我“命运多舛”？我怎能说我“文运不佳”？我又怎能说我“诗途多艰”？我再这么说的话是不是就太过矫情、太过浮浅了？

“你的命中总有意外！”——多年以前说这话的人正是这五卷本《伊沙诗集》的策划者与出版人沈浩波，由他创办的磨铁图书简直成了新世纪以来我最稳定的出版基地：我的长篇小说几乎全都由它出版，我编、我译的诗集也多在磨铁出版。这一次终于轮到我的诗了，一出就出五卷本！

众所周知，沈浩波是我一生的师弟、朋友、兄弟、战友、同道、知音，是中国当代最懂现代诗的少数几人之一，他不仅仅是卓越的诗人，并且是中国当代文化史上一位举足轻重的人物，在此小序中我只想说一句话：有浩波同行，我纵与千万人为敌，有何惧哉！得磨铁器重，这世界弃我如履，能奈我何！

每一次带有总结性质的编选，对于写作者自身来说都是一次洗礼与升华，何况是将自己半生心血与智慧精华全都抛出去的这一次，我此时此刻的感喟是：纵然这皇皇五卷中所呈现的作品不乏名作、佳作、力作，纵然这些诗作曾对近三十年的中国当代诗潮起到过推波助澜的作用，现在它们将褪去一切光环回到文本自身经受读者又一次的检验！

感谢多年以来不离不弃的亲爱的读者，尽管我深知在这世界上人口最多的国度里，你们只是一小撮儿！只是沧海一粟！但粟不是水分子！

我想告诉你们，即将把此五卷《伊沙诗集》交出去的感觉很怪很酷，是一种赤条条的感觉！五十岁将至，知天命之年需要的大概就是一次赤条条无牵挂的再出发！在这条绝不回头的诗途……

_伊沙_2016.04.05_于西安潇潇雨中

目录

001 地拉那雪
003 女英烈传
005 舒曼这样度过冬天
007 去年冬天在拉萨
009 车过黄河
010 江山美人
012 9号
013 善良的愿望抑或倒放胶片的感觉
015 写给香烟的一首赞美诗
017 爱情拯救生命
018 停电之夜
019 恐怖的旧剧场
020 奇迹
021 回故乡之路
022 新疆民歌

023 为司机点烟
025 口哨
026 饿死诗人
028 黛玉进入我家
030 宫中
031 最后的长安人
032 假肢工厂
033 废品店
035 卡通片
036 温柔的草原
037 结结巴巴
039 致命的错别字
040 乡村摇滚
041 实录：非洲食葬仪式上的挽歌部分
043 梅花：一首失败的抒情诗
045 老狐狸
046 春天的事件
047 名片
048 黄泥戒指
050 尿床
052 星期天夜间的事件
053 中指朝天

055 危楼

056 感叹

057 反动十四行

058 强奸犯小C

060 诺贝尔奖：永恒的答谢辞

061 拜师学艺

062 法拉奇如是说

063 学院中的商业

064 没事儿

065 命名：日

066 广告诗

067 童年之歌

068 催眠术

070 线索

071 老张

073 诗意的发现

074 关于春天的命题写作

075 飞

076 检查

077 旅馆

078 当年的情书残片

080 采访手记

081 石榴之诗
082 禅意顿生
084 《中国诗歌考察报告》
085 中国朋克
086 索绪尔说
087 悟性
088 使馆区的晚宴
089 星期天
090 我的祖先
091 我爱本城
092 请克林顿总统选择填空
093 忏悔录
094 命运
095 导言
096 我终于理解了你的拒绝
097 回答母亲
099 每天的菜市场
101 观察
102 列车上的姐妹
104 警示录：一部黑白电影的分镜头叙述
105 在精神病院等人
106 等待戈多

108 伤口之歌
109 十万个为什么之一
110 二十世纪的开始
112 神已来到我的房间
113 一个婴儿在梦中
114 聊天
116 京剧晚会
118 司机的道理
120 大唐的余光
121 动物园
123 俗人在世
124 感恩的酒鬼
125 儿子的孤独
126 复调
128 选手
129 冥王星
130 诗意的窃听
131 案例
133 伪瘸
135 空白
137 去年冬天在曲阜
139 浴室中的向日葵

141 性爱教育
143 农民的长寿原理
145 在朋友家的厕所里
146 厄运尽头
148 抵达矿区
149 歌者
150 一年记住一张脸
152 在发廊里
153 陕西韩城司马祠
154 1998：世界杯足球赛侧记
155 老婆的褒奖
156 生活的常识
158 张常氏，你的保姆
160 也许是他生命中的
162 某日经过广场
165 细节的力量
166 致敬
167 世界初始
168 爱人
169 童年的渴意
170 一次性触球
172 日记

173 耿耿于怀
174 中国底层
176 畅通无阻的秘诀
177 灵魂的样子
178 珍珠泉纪事
180 MTV
182 点射
251 风光无限

地拉那雪

地拉那洁白一片
地拉那冬夜没有街灯
地拉那女播音员用北京话报时
地拉那青年爱打篮球
可是你知道吗
地拉那下雪了

那时你走在桥上
皮夹克捆着你宽宽的身量
那时你告诉一个女人
要去远方架线　马上出发
地拉那的女人也描眉
嚼口香糖含混不清地说话

地拉那的女人不会脱衣服
在房间里她端给你黑面包
你在看窗上的冰凌花
外面的球赛赛得很响
直到最后拉开了房门离去

屋里还充满她不温柔的呼吸

在地拉那的深雪里
你走完我看电影的那个晚上
那些七零八落的脚印呵
地拉那的街灯亮了
在最后一根电杆上你一动不动
黑熊般的人群和火把由小变大

没准儿你还活着
外国电影都没有尾巴
宿舍停电的夜晚
我给你打电话　遇上忙音
拿起当日的晚报
北京——地拉那电线断了

地拉那那场鹅毛雪还下吗还下吗

1988

女英烈传

那是个有阳光的上午
你的小女儿走在唐宁街上
伦敦那些谢顶的楼群
她没有看见
她不知道
昨天发生了战争
踩着阳光
走进白金汉宫
她不知道
那些先生们为何面无笑容
给她脖子上挂上
一枚银色的乔治勋章
那是要交给妈咪的
她很高兴
像只小鸟飞回家去
她要告诉妈咪
这些有趣的经历
妈咪肯定回来了
带回巴黎最小号的时装

过去每回都是这样
她始终没看那枚勋章
妈咪就在上面
微笑着谛听
她跃动的心房
并想伸出手来
抚平她头上
扬起的羽毛

1988

舒曼这样度过冬天

新婚刚过
土豆不多了
这个冬天好冷
漫长如
步入晚年的道路
壁炉的火苗将熄
舒曼坐在钢琴前
把寒冷也弹成音符
弹自己的名字
还有克拉拉
舒曼的好妻子
那时她走在街上
钢琴家纤柔的长指
提着空空的菜篮
脚踩厚厚的积雪
那时舒曼在家里
不经意用语言表述
两架钢琴
什么都有了

她听见了

她全听见了

那首刚刚完成的

《春天交响曲》

克拉拉笑了笑

笑得很凄楚

笑得很幸福

1988

去年冬天在拉萨

在八角街的一角碰见马原
就是那个留胡子的汉人那个弹子王
那是暴风雪来临前一小时
空气中有水的味道

马原将一个弹子打入洞中
我来他没有抬头
垂下蛙王般的大眼睛
手中的弹子散发着热烘烘的羊膻味
他清点它们
如同僧侣在抚弄念珠

轮到我了
我也玩得很好
马原的嘴笑成可怖的山洞
掏出羊膻味的人民币
请我吃奶茶

说起外面的事
情绪不是很高
那双蓝色的蛙眼
透着忧郁
眼角有奶酪般的眼屎

后来就下雪了
我们坐着
看人们在暴风雪中奔跑
然后消失

后来呢?
后来就不下了
马原说：就这样

1988

车过黄河

列车正经过黄河
我正在厕所小便
我深知这不该
我应该坐在窗前
或站在车门旁边
左手叉腰
右手做眉檐
眺望　像个伟人
至少像个诗人
想点河上的事情
或历史的陈账
那时人们都在眺望
我在厕所里
时间很长
现在这时间属于我
我等了一天一夜
只一泡尿工夫
黄河已经流远

1988

江山美人

我总得拎点儿什么
才能去看你
在讲究平衡的年代
我的左手
是一条河流　一座高楼
一块被废弃的秤砣
在我的右手
美人　我不能真的一无所有
我一直纳闷
这样残破的江山
却天生你这尤物
我靠着大夏天
袒胸露肚
盯着一棵大树
我想吃上面的槐花
就得将它连根拔掉
我对工作不厌其烦
就算你偶尔走到我的身边
也只能看见

我的侧影
美人你要认准我真的可爱
给不给　请早作打算
就算我大器晚成
也要你徐娘半老
说正经的给你
假如我拥有江山
也就拥有江山里的你

1989

9号

9 号门上锈着一把黑锁
9 号窗前飘着一件常年不收的胸衣
9 号院内春天就有槐花的香气
9 号在夜里传出一缕歌声
9 号的狗在门洞中钻出钻进
9 号的信在信箱里沉沉大睡
9 号的草坪漫到柏油路上
9 号的太阳起得晚睡得早
9 号在风尘中褪去颜色
这个黄昏
9 号响起敲门声
门下　站着一双雨鞋

1989

善良的愿望抑或倒放胶片的感觉

炮弹射进炮筒
字迹缩回笔尖
雪花飞离地面
白昼奔向太阳
河流流向源头
火车躲进隧洞
废墟站立成为大厦
机器分化成为零件
孩子爬进了娘胎
街上的行人少掉
落叶跳上枝头
自杀的少女跃上三楼
失踪者从寻人启示上跳下
伸向他人之手缩回口袋
新娘逃离洞房
成为初恋的少女
少年愈加天真
叼起比香烟粗壮的奶瓶
她也会回来

倒退着走路

回到我的小屋

我会逃离那冰冷

而陌生的车站

回到课堂上

红领巾回到脖子上

起立　上课

天天向上　好好学习

1989

写给香烟的一首赞美诗

我赞美香烟
赞美制作香烟的手指
我想象烟草的来历
在那黄金季节
黑奴般的人儿出没在阳光里
一辆破铁皮的卡车开向远方
烟囱喷吐着灰色的卷云
我所期待的香烟
就出自那里
它们在流水线上
像一粒粒整装待发的子弹
或一排排标准的白杨树干
但我不能如此比喻
我深知劳作的意义
每一支好的香烟
都弥漫着浓重的汗味
每当我享用它们
看它们在短暂的时间
烧成灰烬

我都有着非凡的快意
因为我是深明来历的人

1989

爱情拯救生命

我盘腿打坐
敲打着木鱼
然后腾出双手
在脑门两侧
画几个圆圈
口中念念有词
好像这样
那智慧的灵光
也会在我头上
呼风唤雨
我这个不肖之徒
总在生活里
扮演这等乖角儿
如果不是听到
那一声清脆的呼唤
“一——休——哥！”
我也不会说
“就到这里，就到这里
再见吧！”

1989

停电之夜

今夜停电
城中一片黑暗
即使在黑暗中
我也能感觉到
眼睛的作用
我看见
蜡烛在抽屉里
抽屉在柜子中
柜子在房间的一隅
我在黑暗中
走向柜子
拉开抽屉
取到蜡烛
一切都很顺利
但却在折返路上
摔了一跤
并没有什么绊我
是我自己
闭上了眼睛

1989

恐怖的旧剧场

旧剧场是一片芜杂的荒草
疯长在我露天的记忆里
那是在不演电影的日子
坐在它的某排某座
盛传在那一年谣言里的那一个人
住在放映室的二楼上
舞台的帷幕动了起来
背后传来一声咳嗽
像一种无法预知的结局
我回过头来看见了什么
像一种无法预知的结局
背后传来一声咳嗽
舞台的帷幕动了起来
住在放映室的二楼上
盛传在那一年谣言里的那一个人
坐在它的某排某座
那是在不演电影的日子
疯长在我露天的记忆里
旧剧场是一片芜杂的荒草

1989

奇迹

镍币上的麦穗
在我口袋里
熟了

那天我穿过大街
嘴里嘀咕了一句
什么
我也没听清

人们只嗅到
满街的麦香
谁也没注意
我
这个奇迹

1989

回故乡之路

回故乡之路
早已遗忘
我也忘却了
故乡的方向
是这样一个早晨
一匹在夜里梦见我的黑马
走进这座城市
停在我家门前
它望着我
伏身下去……

1989

新疆民歌

没尝过苦难的流浪汉
不懂得情义的珍贵
听不懂歌声的马儿
在路上也跑不远
阿依古丽　我的情人
我要用心为你编织花篮
你是我的　冬不拉
我是你的　美人痣

太阳下山明早依旧爬上来
花儿谢了明年还会一样开
我的青春一去无踪影
我的青春小鸟一去不回来

1990

为司机点烟

为司机点烟
是一种仪式
在我嘴上点燃
深吸一口
递在他口中
这一过程
车拐了一个弯儿
这一过程
又吃掉了一截路
如果突然刹车
我会失去自控
一头撞碎
车窗的玻璃
但是没有
注视前方的司机
知道我在点烟
他动了动嘴唇
如果我是女的
也别无深意

我是个男人

便深化了仪式

路险且远　师傅

我的小命

在你手中

1990

口哨

姐姐　在麦地
和一个人睡觉

我手握弹弓
在树上放哨

妈妈没出现
我在吹口哨

我的口哨……

很多年　姐姐
一听到这口哨

就哭！就哭！

1990

饿死诗人

那样轻松的你们
开始复述农业
耕作的事宜以及
春来秋去
挥汗如雨收获麦子
你们以为麦粒就是你们
为女人迸溅的泪滴吗
麦芒就像你们贴在腮帮上的
猪鬃般柔软吗
你们拥挤在流浪之路上的那一年
北方的麦子自个儿长大了
它们挥舞着一弯弯
阳光之镰
割断麦秆自己的脖子
割断与土地最后的联系
成全了你们
诗人们已经吃饱了
一望无际的麦田
在他们腹中香气弥漫

城市最伟大的懒汉
做了诗歌中光荣的农夫
麦子以阳光和雨水的名义
我呼吁：饿死他们
狗日的诗人
首先饿死我
一个用墨水污染土地的帮凶
一个艺术世界的杂种

1990

黛玉进入我家

黛玉进入我家
我在门口
遇上她
从此我闭门不出
头悬梁锥刺股
日日苦读

黛玉住在我家
我在窗前
望着她
从此我躲进柴房
奋力劈柴
一丝不挂

黛玉睡在我家
我在床上
想着她
我在等她长大
我在等她

为我葬花

林妹妹
看看我吧
我不爱说话
也无玉
但诗作得好
而且力气大

1990

宫中

皇帝在烛光里
啃一只三寸金莲
粗气直喘　口水涟涟
我在帐外　大吐不止
小太监　不敢吭气
风起　五更更寒
一只耗子跃出宫墙
一只人蹄
得啃多少年

1990

最后的长安人

牙医无法修补
我满嘴的虫牙
因为城堞
无法修补

我袒露胸脯
摸自己的肋骨
城砖历历可数

季节的风
也吹不走我眼中
灰白的秋天
几千年

外省外国的游客
指着我的头说：
瞧这个秦俑
还他妈有口活气！

1990

假肢工厂

儿时的朋友陈向东
如今在假肢厂干活
意外接到他的电话
约我前去相见
在厂门口　看见他
一如从前的笑脸
但放大了几倍
走路似乎有点异样
我伸出手去
撩他的裤管
他笑了：是真的
一起向前走
才想起握手
他在我手上捏了捏
完好如初
一切完好如初
我们哈哈大乐

1990

废品店

废品店的生铁
沉默地瞅着四周
刚刚被卖掉
经一个小崽子之手
被廉价地出卖
比人的骨骼还要坚硬的
生铁咽不下这口气啊
今晚仓库顶上的月亮很高
他还没有学会逃跑
只有沉默地等待
进一步地出卖
或者熔炉
或者有贼闪现
而此刻他已行动
一截生铁渴望像一条蛇
那样爬行
他艰难地爬向路口
当看仓库的老头出现时
他要疯狂地扑上去

像蛇扑向

冬天的捕蛇者

1990

卡通片

鸭子唐纳游过河去
他吃喝性爱恶作剧
鼠朋狗友满天下
对敌人充满仇恨
一只正义的
人性的鸭子
使人长出翅膀
鸭子唐纳游过河去
与一只母鸭幽会
这才是生活
这才是生活
使我们大乐
并且想飞
从前我也看过卡通片
三个和尚为一桶水
推推搡搡的
真没有意思啊

1990

温柔的草原

草原上最后一天
太阳　月牙般
弯弯

一头母鹿
是草原的女儿
待嫁的母鹿
这一天的公主

在更远的高处
雄狮倒卧　一头
发烧的雄狮
眼中有
无尽的缠绵——

“母鹿母鹿我不摸你
今天我怕烫伤了你”

1991

结结巴巴

结结巴巴我的嘴
二二二等残废
咬不住我狂狂狂奔的思维
还有我的腿

你们四处流流流淌的口水
散着霉味
我我我的肺
多么劳累

我要突突突围
你们莫莫莫名其妙
的节奏
急待突围

我我我的
我的机枪点点点射般
的语言
充满快慰

结结巴巴我的命

我的命里没没没有鬼

你们瞧瞧瞧我

一脸无所谓

1991

致命的错别字

我看见鹿群狂奔
如丧家之犬
西沉太阳突然停顿
云彩坠落
一记山盟海誓的怒吼
来自河的对岸
草原深处
大地中央
在小鹿颤抖的目光上
一头虱子金发飘扬
兽中之王正在起床
随便打了一个哈欠

1991

乡村摇滚

一张张人脸
凑近了马槽
我看见它们嘴上正被咀嚼的干草

打谷场上嫂子
剥去我的裤子
一泡童子尿是一支丰收的歌谣

嘘！麦垛里有人
明月普照草的城堡
两个梦见天堂的人儿在睡觉

我继续胡闹
在河里摸鱼
在天上飞行并且调戏了一只鸟

怕鬼的爹爹快回家
今晚没你事儿啦
俺要和造反的鬼儿们一起打天下

1991

实录：非洲食葬仪式上的挽歌部分

哩哩哩哩哩哩哩

以吾腹作汝棺兮

哩哩哩哩哩哩哩

在吾体汝再生

哩哩哩哩哩哩哩

以汝肉作吾餐兮

哩哩哩哩哩哩哩

佑吾部之长存

哩哩哩哩哩哩哩

汝死之大悲恸兮

哩哩哩哩哩哩哩

吾泪流之涟涟

哩哩哩哩哩哩哩

汝肉味之甘美兮

哩哩哩哩哩哩哩

吾食之则快哉

哩哩哩哩哩哩哩

1991

梅花：一首失败的抒情诗

我也操着娘娘腔
写一首抒情诗啊
就写那冬天不要命的梅花吧

想象力不发达
就得学会观察
裹紧大衣到户外
我发现：梅花开在梅树上
丑陋不堪的老树
没法入诗那么
诗人的梅
全开在空中
怀着深深的疑虑
闷头朝前走
其实我也是装模作样
此诗已写到该升华的关头
像所有不要脸的诗人那样
我伸出了一只手

梅花梅花

啐我一脸梅毒

1991

老狐狸

（说明：欲读本诗的朋友请备好显影液在以上空白之处涂抹一至两遍《老狐狸》即可原形毕露。）

1991

春天的事件

春天的许多事件
都令人会心一笑
从前我们在大学的时候
天天等好事
“杨——伟！”
楼下的女声叫
没人吭气
杨伟也不吭气
在春天的另一天
有人敲门
“有姓焦的没有？”
仍然是女声
我们一起回答
我们在老焦之前
抢先回答
且有人自床坠地

1991

名片

你是某某人的女婿
我是我自个儿的爹

1991

黄泥戒指

我用原始的工艺为你
打造一枚黄泥戒指
用我那被钻石拒绝的
粗糙的手
用水土和成的泥
它具有黄金般光辉的色泽
有在烈火中燃烧的
七七四十九天
脱胎换骨
成为人的心
黄泥戒指珍奇古玩
我的手艺我的时间
它不是黄金铸就
欲望的戒指
也不是口吐烟圈
虚无的戒指
伊甸园亚当
献给夏娃的那一枚
我献给你

黄泥戒指

代表我全部的贫穷

全部的富有

1991

尿床

把尿床的习惯
坚守二十年

妈妈
屋顶漏雨啦
也坚守这
可恕的谎言

母亲
为何我尿欲无穷
您吞吐江河的儿子
尿欲无穷

您搭在太阳光线上的
床单记录着
我为地球所设计的
最合理的版图

平息所有的

吵闹和战火

最后一张

是小小的祖国

1991

星期天夜间的事件

此刻的上帝
抱着他优美的大脚丫
在剪趾甲
此刻在天堂之下
我已酣然睡去
哦！上帝
为人类的拯救操劳
只是比我睡眠更少
今天他休假
抱着大脚丫剪趾甲
剪掉的趾甲
月牙般纷纷落下
一枚巨大的弹片
穿透了我的屋顶
此刻在天堂之下
遭劫的房屋
另有九处

1991

中指朝天

我的表达
正在退步
又回到最初

很多年
我对世界许下的诺言
比这世界更软

他们拿走我
最后半碗剩饭
并没收了我的餐券

愤怒该如何表达
其实我胆小如鼠
其实我从不敢摸老虎屁股

但我仍要继续扯蛋
但我仍要把蛋扯得更圆
一种超级流氓的手势十二万分炸弹

中指朝天

中指朝天

我的愤怒无边但从不伤及无辜

1991

危楼

我在心肌梗塞
突发前的九秒
住进十秒钟后
倒塌的危楼
是幸福的

10、9、8、7、6
5、4、3、2、1

我在心肌梗塞
突发前的十秒
住进九秒钟后
倒塌的危楼
又何尝不幸

1991

感叹

用雪白的象牙牙签在牙缝里剔出一个字眼：希腊

希腊啊希腊！令我祖国的诗人心猿意马
希腊啊希腊！瞧我祖国的诗人使劲拉稀

1992

反动十四行

在这晌午阳光底下的大白天
我忽然有一肚子的酸水要往外倒
比泻肚还急来势汹汹慌不择手
敲开神圣的诗歌之门十四行

是一个便盆精致大小合适
正可以哭诉鼻涕比眼泪多得多
少女鲜花死亡面目全非的神灵
我是否一定要倾心此类

一个糙老爷们的浪漫情怀
造就偶尔的篇章俗不可读君子不齿
或不同凡响它就是表现如何的糙

进入尾声像一个真正的内行我也知道
要运足气力丹田之气吃下两个馒头
上了一回厕所不得了过了过了
我一口气把十四行诗写到了第十五行

1992

强奸犯小C

这是一年中我第三次探监
去探视一名强奸犯
小 C　童年时代的朋友
身着 007 号衣　光头明亮
像个刚刚受戒的小和尚
抽烟吗？小 C
阳光从背后刺过来
我看不见你脸上的伤
只见你光头明亮
但是你说：她是舒服的
抽烟吗？小 C
阳光从背后刺过来
我看不见你脸上的癣
只见你目光凶险
但是你说：她是舒服的
但是她怎样告诉法律
但是法律怎样揍你
这是国家的监狱
关于法律和强奸

我们都不要谈

抽烟吗？小 C

1992

诺贝尔奖：永恒的答谢辞

我不拒绝　我当然要
接受这笔卖炸药的钱
我要把它全买成炸药
尊敬的女士们先生们
尊敬的瑞典国王陛下
请你们准备好
请你们一齐——
卧倒！

1992

拜师学艺

在这清风拂面的早晨
小木匠学手艺

手把手的师傅
教他打棺材

为什么？为什么？
瞪大双眼勤学好问

什么也不为！师傅说
棺材——简单

1992

法拉奇如是说

人类尊严最美妙的时刻
仍然是我所见到的最简单的情景
它不是一座雕像
也不是一面旗帜
是我们高高撅起的臀部
制造的声音
意思是：“不！”

1992

学院中的商业

全民经商
学院中的商业
如雨后春笋
莘莘学子
灵感无边
我是倒卖避孕套的人
在午夜两点
敲开男生宿舍之门
供不应求啊
我借此成为全院首富
并在简单的商业中
学会朴素的真理
人民要什么
就给他们什么
并且树立崇高的信念
全民经商
匹夫有责

1992

没事儿

没事儿
没事儿之人站在风里
愣是没事儿
卸掉下巴
卸掉左膀右臂
卸掉大腿不容易
他在努力
把自己大卸八块的感觉
说不出来
在说不出来的感觉里
在风里
没事儿之人有事可干了
他在努力

1992

命名：日

太阳升起来
那男孩跑向天边外
一路笑着他的笑声
响彻了这个早晨
晨风吹着
太阳升得更高
那男孩手指太阳
给我们布道
“这是——日
日你妈的‘日’”
他的声音
响彻了这个早晨
令我这跑来命名的诗人
羞惭一生

1992

广告诗

挡不住的诱惑
是可口可乐

非洲儿童的饥渴
紧咬美国奶妈的乳房
拼命吮吸里面的营养
里面的营养是褐色的琼浆

可口可乐新感觉
挡不住的诱惑

1992

童年之歌

我的童年没有一支歌
其实我也不想唱什么
这样一个顽石般的小人儿
呆望着天空长大
智商不够有点傻
初三年级的作文课
使我饱受折磨
但我早已学会了诚实
在下课前一分钟
写完了我的《童年之歌》
是一两句歇后语
易学易唱易记
且暗藏哲理
但我不知道它们
已被列入祖国文化的糟粕
聪明的孬蛋教我
现在我教给大家
厕所里面发大水——粪涌向前
茅坑里扔手榴弹——激起民粪

1992

催眠术

我睡了　我看见
朝阳初升
出海的小船
载我的尸体
驶向彼岸

我睡了　我看见
青天白日
一头恐龙
在高速公路上
奔驰

我睡了　我看见
夕阳西下
翻过一面山坡
回到摇篮
不是妈妈催我入眠

我睡了　我看见

月上东山

死猪不怕开水烫

你们问我的

我一概不知

我睡了　我看见

1993

线索

为了去玩
我把邻居的女儿
交给一位老头照看
他也是我们的邻居
姓李

是我出了一脸麻疹的那年夏天

1993

老张

老张的生涯引人遐想
太平间的守护者
是否空度时光

除了老酒和蚕豆
福尔马林的气味
香水般刺激着老张
情欲无边　何处是岸
老张不老　金枪不倒
棒槌比小伙还要坚强

没有人目击老张
与女尸做爱的景象
那幕悲怆的人间喜剧
差点叫我背过气去

犯着谁了？活人们
他一生热爱尸体　相依为伴
心中充满爱情　要的不多

一条不暖和的阴道
令他晚节不保

先进工作者老张
奖状糊满他的墙
奸尸犯老张
我们的好邻居
当警车把老头带走
众尸起舞为他开道

1993

诗意的发现

我来到阔别三年的墓园
发现我拜谒的墓碑
已不在老地方　诗意的发现
我是说灵魂在前进
每天每一寸

1993

关于春天的命题写作

春江水暖鸭先知
可我们又怎知
鸭子知不知
春天来了
谁在提醒我
是我身上
蠢蠢欲动的那股劲
脱衣服的冲动
春天来了
花儿开了
我从未留意
留在记忆里的
开春信号
是姑娘们
露出了小腿
不管美不美
春天一过
她们会露得更多

1993

飞

一个吸毒者
死了
他在停止吸毒的
第四天
死在戒毒所里
他的亲人
说不出的轻松
解脱了
我
是他的朋友
正在街上走
猛抬头
我看见了他
横空出世
就像电影中的超人
在天上飞

1993

检查

由于拉屎
由于
人不得不拉屎
所以
我在拉屎时
弄脏了一张纸

1993

旅馆

我醒来的时候
我的香烟
在她手上
姿势优美地燃着

这个早晨
我醒来又睡去
仿佛战场上的幸存者
那么幸福

1993

当年的情书残片

1

咱们是
同一战壕里的战友
我亲爱的女同志

2

在祖国上下一派
莺歌燕舞的大好形势下
你的江山如此多娇
引无数英雄竞折腰

3

我怀着朴素的阶级感情
怀揣一颗红亮的心
想与你交流交流思想

4

向毛主席保证
我爱你海枯石烂心不变

比爱毛主席还要爱你

5

东风吹着你的小辫儿

你红扑扑的小脸

比红旗还鲜艳

6

我心中潮水般汹涌

翻腾着一股小资情调

我已经等不及了

7

亲爱的女同志

我想犯回错误

就一次

8

此致

无产阶级文化大革命的

崇高敬礼

1993

采访手记

采访屠宰厂
厂长

请谈谈改革
带来的……

过去杀猪用刀
一刀一个

如今——
“唰”的一下

用电——
方便杀得多

1993

石榴之诗

水果的意义
在于
吃
石榴
并不好吃
太多的核
需要
不住地吐
麻烦
吃不到什么
仿佛
一块肉里
净是骨头
这就是被艺术大师
称道的石榴
所谓“细密的结构”

1993

禅意顿生

一只水墨的鸟落在宣纸之上
是一只大概的鸟

画家愁眉不展　脱去西装
换上一件长衫

整个上午　费尽心机　怎样
使这幅画生发一点禅意

我　偶然的闯入者　大大
咧咧　莽撞地触到他的手

饱蘸墨汁的笔被触动了
掉下几颗黑色的泪珠　正好

落在鸟儿臀部的下方　形同
鸟屎　对不住实在对不住

如何是好？解铃还需系铃人

我建议说：在鸟屎落下的正方……

画家听从了我的建议　画了
一只秃瓢——和尚的秃瓢

禅意顿生！禅意顿生！画家
兴奋地搓着手　在室外来回地走

1994

《中国诗歌考察报告》

（1994年2月6日）

同志们

中国的问题是农民

中国诗歌的问题也是农民

这是一个十分严重的问题

这是一帮信仰基督教的农民

问题的严重性在于

他们种植的作物

天堂不收　俗人不食

1994

中国朋克

那绝对是摇滚的场面

三十年前
我的祖父被红卫兵小将
强行剃成

一种奇特的发型
不阴不阳不人不鬼
颇似今天流行的那种

中国朋克：三十年前

1994

索绪尔说

索绪尔说：笔
就是我们的阳具

这是鸟枪换炮的时代
我们安然坐在
一台台电脑身边

为谁所骗？难道说
我们已经变成太监

——我不是
要跟索绪尔过不去
只是这样想着觉得好玩

1994

悟性

这个世界是好玩的

这个世界总他妈玩我才使我觉得它好玩

1994

使馆区的晚宴

在使馆区的晚宴上
有人在骂我
是我同胞中
写诗的一小撮
我并不在场
且远离首都
住在外省　那时
我正骑着单车
骑在回家之路
突然打了一个喷嚏
我想：他们骂我的
理由非常简单
——船票有限
而我也身强体壮牙口漂亮
是头潜在的可以明码标价的黑奴

1994

星期天

我在一本画册上
看了
凡·高的两幅画
不是用钞票裱过的
那些个名作
是两张不起眼的画
一幅叫《高更的椅子》
另一幅
叫《凡·高的椅子》
尽管我没舍得
买这本画册
可我
已被感动得
南辕北辙
顺势坐反了
回家的电车

1994

我的祖先

那些沦落市井的无聊之徒
整日吃喝嫖赌
为件小事去杀某人
视生命为粪土

也曾像小孩般天真过的
我的种族
以行刺作为风尚的
遥远的上古

他们是——我的祖先
我冲动的骨血的渊源
那些摇着扇子晃着脑袋的一群
不算

1994

我爱本城

像农民爱他的村庄似的
我爱我的城市
我爱
本城的下水道
就像农民爱他的地窖

虽然今晚
我躲在下面不是为了偷情
而是为了藏身

1994

请克林顿总统选择填空

有 USA 标记的飞机在天空中飞行
它所投下的物体（　　）降落在
内战四起烽火连天的巴尔干
如何解决前南斯拉夫问题
请总统选择以下答案——

（1）炸药　（2）食品　（3）独裁者铁托

1994

忏悔录

我不会迂到为打死
一只苍蝇而忏悔的
可是
我打死了
正在造爱的一双

1994

命运

我早已看破人类的命运
那是一个旭日东升的早晨
在儿童公园的旋转木马上
那个裹在襁褓中的弃婴
小脸绽放出茫然无知的表情

1994

导言

“诸位身处一个伟大的时代
有很多机会把你们等待
尤其是在这座著名的旅游城市”

在日语系某班的课堂上
我的开场白只能这样

“假如你面对的是三七年或四二年
我们的城市会到处飘着太阳旗
会有更多的机会等着你们”

我瞧着下面迷惘的女生
和男生架着圆眼镜的小白脸

“生存还是毁灭
事情不那么简单
诸位离汉奸只有一步之远”

1995

我终于理解了你的拒绝

一个女人满城找你
这是多么好的事
却令你恐慌
四处躲藏
表现极度反常
可怜的哥们儿
我终于理解了
你的拒绝
那是后来
当我在大街上
看到你被追逐
狼奔豕突
追你的女人
敞着怀要给你哺乳

1995

回答母亲

和母亲坐在一起
看电视　这种景象
已经很少见了

电视里正在演一位
英雄　在一场火灾中
脸被烧得不成样子

母亲告诫我
“遇到这样的事
你千万不要管……”

久久望着母亲
说不出话　这种景象
也已经很少见了

母亲早已忘记了　曾经
她是怎么教育我的
怎么把我教育成人的

“妈妈放心吧
甭说火灾啦
自个儿着了我也懒得去救”

这样的回答该让她
感到满意　看完这个节目
她就忙着给我炖排骨汤去了

1995

每天的菜市场

我悠然
出现在
菜市场的人丛中

这是每天的情景
生活的具体
内容

我已掌握
讨价还价的伎俩
和小摊贩周旋

那是和劳动人民
打成一片
君子动口不动手

我脸红脖子粗地
与人吵架
有时也当看客

渐渐地
便熟悉了市场
我发现卖菜的

最怕收税的
而收税的在与
卖菜的和卖肉的

打交道时
态度不尽相同
这是为什么

这是人性的
太人性的
卖肉的手里握刀

1995

观察

我看见
三个轮子的
汽车在跑
只有
三个轮子
在转
另一个轮子
是备用的
背在后面
不转
也许还有
一个轮子
在转
我看不见

1995

列车上的姐妹

她们是姐妹
在列车硬卧车厢中
都睡下铺
她们泡即食面
吃苹果　借助
列车穿过隧道时
车窗的反光梳头
这是早晨
我从中铺上醒来
无意观察她们
发现她们的一切活动
都是由妹妹支配的
此刻　她正从厕所归来
指点姐姐化妆
妹妹漂亮
妹妹更像是姐姐
这很常见
站在观察者的立场上
我以为一切都是表象

这时如果歹徒出现

如果我是那歹徒

将会袭击妹妹

姐姐将会挺身而出

承担厄运

而那被我摁住的妹妹

已面呈死灰

没了主张

1995

警示录：一部黑白电影的分镜头叙述

特写：一张少女的脸庞
那灿烂的脸上
她的嘴在欢呼
喜极而泣
中景：十个或更多的
少女在欢呼
纤长的手臂举起
伸向某个方向
远景：更多更多的
少女构成一片
欢腾的海洋
海浪朝着一个人
激荡
特写：小胡子
左分头
阿道夫·希特勒
此刻的表情
像一名
正在发功的气功大师

1995

在精神病院等人

坐在精神病院
草坪前的一张长椅上
我等人

我是陪一个朋友来的
他进了那栋白楼
去探视他的朋友

我等他
周围是几个斑马似的病人
他们各自为政

在干着什么
我有点儿发虚
沉不住气

我也得干点什么啊
以向他们表明
我无意脱离群众不是一小撮儿

1995

等待戈多

实验剧团的
小剧场

正在上演
《等待戈多》

老掉牙的剧目
观众不多

左等右等
戈多不来

知道他不来
没人真在等

有人开始犯困
可正在这时

在《等待戈多》的尾声
有人冲上了台

出乎了“出乎意料”
实在令人振奋

此来者不善
乃剧场看门老头的傻公子

拦都拦不住
窜至舞台中央

喊着叔叔
哭着要糖

“戈多来了！”
全体起立热烈鼓掌

1995

伤口之歌

我对伤口的恐惧
是发现它
像嘴
吐血

我对伤口更深的恐惧
是露骨的伤口
呲出了
它的牙

我的周身伤口遍布
发出了笑声
唱出了歌

1995

十万个为什么之一

当征服者把我们征服之后

在外星人的厨房里
你被做成了熏肠
我被做成了香肠

为什么会这样？而不是
我被做成了熏肠
你被做成了香肠

我的疑惑充满根据
香肠他们一天要吃六根
熏肠他们六天才吃一根

我蒙冤的灵魂在天发问
为什么——？
为什么——？

1995

二十世纪的开始

一只孩子的
冻皴的
小手
将一块
老旧的
金壳怀表
置于当铺的
桌面
在大雪纷飞的
冬天午夜
三秒钟后
它被拿走
被一只
瘦骨嶙峋的
大手

那精准的怀表
指针转眼
跳过的

三秒钟
这个过程
是一个结束
和一个开始

1995

神已来到我的房间

我听到了一丝响动
神已来到我的房间
四处寻他不见
我的神圣感
有点不耐烦
这是大白天
厕所里的灯大亮
成全了我的发现
那神端坐于马桶之上
挺舒服的模样
不舒服的是我这人

1995

一个婴儿在梦中

一个婴儿在梦中
露出了微笑
梦见一百只乳房
在他眼前晃

一模一样的
一百只乳房
高挂在他的
母亲胸前

不似我
同样地梦见
一百只乳房却分属于
五十名妇女

这个梦躺在
那个梦身旁
父亲躺在
儿子身旁

1995

聊天

坐在我对面
正跟我聊天的人
突然走神了

他一定是看到了
更有意思的东西
或仅是一闪念

坐在我对面
正跟我聊天的人
突然走神了

为我侃侃而谈的
一席话制造出空白
像诗中的分行

坐在我对面
正跟我聊天的人
突然走神了

促成我的飞跃
刚才我是在蒙古草原
现在正脚踩火星的表面

1996

京剧晚会

锣一敲
出来一个男人
咿咿呀呀学女人
拿着手绢
学女人哭的样子
我早有所闻
学得最像的那人
就是这行的大师

我睡着以前
见一些老家伙闭着眼
头朝后仰去
口中念念有词
我想他们也想学女人
我睡着的时候
听见一声“好”
吓了我一跳

又出来一个男人

学女人哭的样子
比前一个学得更像
我大喝一声“好”
可能喊得不是时候
他们全回头看我
叫我滚蛋
我也正欲滚蛋

1996

司机的道理

在一辆出租汽车上
司机跟我讲起
他与交通警察的关系
就是鱼和水的那种

“鱼儿离不开水哟”
他还唱了那么
一句

这番道理
我不是头回听说
但此次感受颇为不同
此次是由鱼儿
自己说出

坐在后排
我看不见司机的脸
只在后视镜里
看见一条鱼

鼓着腮

一串接一串的水泡
冒了出来

1996

大唐的余光

在长安　粉巷
二层的木楼上
从一个妓女的眼中
望出去　一个日本来的
和尚叫人感到不可思议
他目不斜视地穿过闹市
不嫖　不赌　不闻丝竹
住在一间租来的木屋里
深居简出　玩命抄写
那没完没了的经卷
偶尔与人交谈
也像是在打探
从一个妓女的眼中
望出去　此人的气质
不像和尚像个武士

1996

动物园

我有十八年未到过动物园了
再次光临此处
是在我有了孩子之后
我要带他去看看
这个世界不光有人
在虎山我看到的
已不是十八年前的那一只
那一只是这一只的老娘
死于十年前的夏天
这没什么
我的儿子只需知道
它是老虎就可以了
后来它“呜”的一声
我儿子“哇”的一声
我只好抱着他逃窜
去看梅花鹿
因为我手中
一把青草的逗弄
鹿把其嘴脸

凑到铁栏边

这一次

无畏的儿子抱住了鹿头

并把他的小手指头

恶狠狠地抠进了鹿的双眸

1996

俗人在世

那些早晨
随着汹涌的车流
我骑在上班的途中
每一次经过电视塔时
我都埋头猛蹬
而不敢滞留、仰望
那高高的瘦塔
悬挂着我的秘密
曾经在一个梦中
我被钉在塔顶
呈现着耶稣受难的
全部姿态和表情
太高了
没人看得清楚
以这样的方式死去
实在是一种痛苦
我是个不敢成为上帝的俗人
仅仅梦见

1996

感恩的酒鬼

一个酒鬼
在呕吐　在城市
傍晚的霞光中呕吐
在护城河的一座桥上
大吐不止　那模样
像是在放声歌唱
他吐出了他吃下的
还吐出了他的胆汁
我在下班回家的路上
驻足　目击了这一幕
忽然非常感动
我想每一个人都有其独特的
对生活的感恩方式

1996

儿子的孤独

半岁的儿子
第一次在大立柜的镜中看见自己
以为是另一个人

一个和他一样高的小人儿
站在他对面
这番景象叫我乐了　仿佛
我有两个儿子——孪生的哥俩儿

两个小人儿一起跳舞
同声咿呀　然后
伸出各自的小手
相互击掌　一言为定

我儿子的孤独
普天下独生子的孤独
差不多就是全人类的孤独

1996

复调

光明被孩子
利用的事实
发生在
童年的夏天
太阳的光
聚在我手中
的放大镜上
屠杀一批批
搬迁途中的蚂蚁
它们烧焦的尸体
横了一地

黑暗被孩子
利用的事实
发生在
停电的夜晚
手电筒的光
打在我
吐露的舌头上

躲在暗中
突然出现
把两名女生
吓得尿了裤子

光明与黑暗
被一个孩子
利用的事实

1996

选手

第一次
有这么多人
站在我的一边

应该说
是整个地球
为我加油

第一次
我被感动得
涕泗交流

我已经
吃不住劲了
可仍在坚持

在这场
与外星人掰手腕的
无聊游戏里

1996

冥王星

冥王星的两极
堆满积雪
与我们的星球相似

真是罕见
今天早晨的我
是个关怀宇宙的人

就像关怀自个儿的睾丸
有无可疑的病变
我盯着茫茫银河最远的星一颗

1996

诗意的窃听

方糖状的窃听器
被放置在你的咖啡杯里

窃听者——那个玩此小把戏的人
听到了龙王在海上啜饮海水的声音

1996

案例

1

你所面对的嫌疑犯

是一个

任何现场都不在的人

那么——他在哪儿?

2

孩子!

一个目击的孩子的供词

布满疑点

形同霉斑

探长摸到孩子

松散的鞋带

误以为——

线索!

3

比黑夜更黑的

是我的睡眠

一个梦游者的漂泊

是一支小夜曲

该死的女人叫了

叫响了警笛

4

探长在检查

死者的伤口

特定型号的弹孔

却找不到弹头

漂亮的谋杀

到了极致

探长不寒而栗

警徽叮当坠地

1996

伪瘸

佯装瘸子的人
是思想者

他在想
人是无聊的

佯装瘸子的人
是观察者

他要看
人的无聊表现

在一个瘸子身上的流露
他要体验

佯装瘸子的人
是无聊的

没人注意他

也就不装了

一个孩子

目击了这一幕

说：妈妈

一个瘸子的腿好了

佯装瘸子的人

是该死的

当一辆急驰的卡车

突然拐弯

出现在他面前

他犹豫了——

不知用瘸还是不瘸的

迈步闪躲

1996

空白

在一座大厦的墙上
有不小的一片空白

那是在西安城的北郊
面朝机场的方向

以前我从未意识到
这是一片空白

我意识到了
是在它被涂满之后

被一幅红色广告
“西安，您的可口可乐来了！”

为什么不是一幅画儿呢
占领这城市的一面墙

商人比艺术家

更早地想到这一点

并填补了这片空白的事实
叫我无地自容

从此再也不以下流的口吻
来谈论可能是肮脏的商业

1997

去年冬天在曲阜

采气的人
怀抱一棵树

熊一样抱住
那棵老树

那是孔子
亲手所栽之树

采气的人
满面红光　采到了气

收了手
与先前大不一样了

可偏偏有人
要将真相点破

点破的人

是操山东腔的女导游

她说：错了
不是这一棵是那一棵

而那一棵
几乎不存在

不过是树墩
围在围栏中

被千年的雷
劈成了这副鸟样

采气的人在一瞬间
脸儿变得煞白

这很没意思
更没意思的是

那个哈哈大笑
幸灾乐祸的我

1997

浴室中的向日葵

躺在浴缸中
浸泡热水中
其状如河马
感觉却像神仙

一点儿小动静
引起了我的注意
和警觉：头顶之上
的葵花喷头
正在吱吱转动
朝着浴室里
唯一的光源
那一盏太阳灯的
方向

目击的瞬间
我已浑身冰凉
受惊的河马
跃出水面

一个赤身裸体

奔出浴室的男人

没人能够听懂

他所遭遇的恐惧

究竟来自哪里

1997

性爱教育

那是我们不多的
出门旅行中的一次
九年前　在青岛
那是属于爱情的夏天
海滩上的砂器和字迹
小饭馆里的鲜贝
非常便宜　记得
我们是住在一所
学校里　在夏季
它临时改成了旅店
那是我们共同的
爱看电影的夏天
一个晚上　我们
在录像厅里
坐到了天亮
一部介绍鱼类的片子
吸引了我们
使我们感到
震惊无比

那种鱼叫三文鱼

一种以一次

酣畅淋漓的交媾

为生命终结的

美艳之鱼

九年了

我们没有记住

它的美丽

只是难以忘记

这种残酷的结局

1997

农民的长寿原理

话题不知从何而起
我们在谈论
一个农民的一生
相较于知识分子的
长寿

空气清新
自然环境中的
体力劳动者
我说

这是极端片面的表象
足以被医疗条件的
恶劣相抵
你说
这是心态问题
知足者常乐

自以为聪明的

那个我说
偷偷摸一把
邻家小寡妇的
屁股
足以让一个农民
乐上一天

农民出身的
你说不，不
村里谁家倒霉了
本来与己无关
但足以让一个农民
乐上一生

他能不长寿吗
他能不长寿吗
——就这样
两个委琐的知识分子
在恶毒地诋毁农民

1997

在朋友家的厕所里

在朋友家的厕所里
我看到一本
自己的诗集
已经翻旧
在水箱的顶端
和手纸摆放在一起
没有什么比这
更叫我幸福的了
他书架上的书
都落满了灰
而我的诗
在他下面的快感
得到满足的同时
给了他上面的快感
在厕所里
是我给了
我的朋友
一个必要的平衡

1997

厄运尽头

这辈子
他总栽跟头
一个跟头
栽于 1957
栽得真狠
从此
他就不再是人
跟头与之有缘
也不是所有跟头
摔出的都是厄运
1976 他被释放
自新疆返回故乡
7.28 凌晨
风尘仆仆
一步跨出火车站
又栽了个大跟头
妈妈的
他骂骂咧咧
爬将起来

可就是无法站稳

他愉快地

发现此次

栽了跟头的

不只是他

也不只是人

蓝光闪过

地动楼毁

他明白了

故乡唐山

发生了地震

1997

抵达矿区

我们在暮色中抵达矿区
谈论着我们想象中
煤矿工人的非人生活
不知道这里的生活
也是火热的　在我们看见
电线杆上那些包治
性病的海报之前

1997

歌者

喜听他的老歌
并不意味着我已经老了
歌者是大时代的音乐人
他后来的歌
未得天助

1997

一年记住一张脸

那人用獐头鼠目
来形容最为恰当
也最为简便
可这多少显得有点
不负责任
说了等于白说
因为你仍不晓得
他究竟长得如何
无论如何
过去的一年
在所有陌生人中
我只记住了这张脸
带着菜色　一张普通的
殡葬厂炉前工的脸
那一天　我推着
母亲的遗体向前
他挡住我的去路说
“给我，没你事儿了”
我把事先备好的一盒

三五塞给他

他毫无反应地收下

掉头推车而去

那个送走母亲的人

1998

在发廊里

他把手
伸向洗头妹身后
那手熟练地摸向
洗头妹的屁股
我全看见了
邻座的我
可以接受
这人性的小动作
但我无法容忍
他在镜中
那副做鬼的表情

1998

陕西韩城司马祠

春天我在司马祠
上了一回厕所
紧急出恭的形式
却与大小方便无关
那是出于一种
心理的需要啊
我面壁而立
解了裤子
仔细端详
我那老二
自摸一把
完美无缺
冷汗从背后冒了出来

1998

1998：世界杯足球赛侧记

假如没有世界杯
今夜的我就要仰望星空
想一些有关人类的大问题了
在黑暗的房间中
在宽大而柔软的
席梦思床上打坐
口中念念有词
直到东方破晓
朝霞满天
可是——
假如没有世界杯
我压根儿就不会醒来

1998

老婆的褒奖

你说你很高兴
这么多年
艰难时世
我终于没有去做
对我来说
最容易做的一种人

我放下手中的活计
抬起头来
认真地问你
“什么人？”

“邪教教主”
你一脸平静地作答
然后去了厨房
“早点休息
今天晚饭吃鱼”

1998

生活的常识

在夏季
热浪滔天的路上

一个少女
单腿跳着手捂耳朵

这个动作有点奇怪
在她身上是一种美

奇怪和所谓美
人们得到了

他们所要的感受
但并不关心

这一动作的
产生与由来

而我知道
我掌握那样的常识

在我童年
从游泳池回家的路上

同样一个动作
帮我清出了存留在

耳朵眼里的残水
热热地流出来

我又听到周围的世界了
就像眼前这位少女

此刻她的心情
一定非常不错

单腿跳着手捂耳朵
在夏季热浪滔天的路上

如此生活的常识
让我进入了本质的诗

1998

张常氏，你的保姆

我在一所外语学院任教
这你是知道的
我在我工作的地方
从不向教授们低头
这你也是知道的
我曾向一位老保姆致敬
闻名全校的张常氏
在我眼里
是一名真正的教授
系陕西省蓝田县下归乡农民
我一位同事的母亲
她的成就是
把一名美国专家的孩子
带了四年
并命名为狗蛋
那个金发碧眼
一把鼻涕的崽子
随其母离开中国时
满口地道秦腔

满脸中国农民式的

朴实与狡黠

真是可爱极了

1998

也许是他生命中的

火车在凌晨四点抵达某站
停车三分　是一小站
他在软卧车厢中爬起
穿衣　他感到自己
必须下去　这是
旅程中不能缺少的
三分钟　其实也就是
在站台上走走
伸胳膊伸腿活动活动
站台上空无一人
空气中充满了陌生
他走了两节车厢
那么远的路
逐渐加快脚步
铃响了　他准时上车
朝女乘务员——一个
烫发的娘们儿露出
标准的微笑
这是旅程中不能

缺少的三分钟

也许是他

生命中的

1998

某日经过广场

一股臭咸鱼的味道袭来
说明我已开始进入广场
全市最大的水产市场
在它的南端
所以它经年
都被这种不良气味笼罩
东侧是科技馆
我从未进去过
不知道里面有什么
而西侧是少年宫
初三那年我一个人
偷偷溜进去
去看人体奥秘的展览
我在一副女性生殖系统的
模具前站了很久
最终还是没有看透
现在我已到了广场的北端
也就是人们所说的正面
我在双层巴士的窗口

把一切看得都很清楚
北面的省府大楼
还算雄伟庄严
我老婆曾在上面混过
嫌钱少得可怜
广场——草坪和水泥方砖
相间的广场上正在降旗
旗子降至一半
像下半旗
二十二年前的九月
我们曾在这里追悼过
刚刚辞世的前领袖
年少的脸和红领巾
被冰凉的秋雨打湿
白发苍苍的老校长
站在凄风苦雨中嚎哭
“中国向何处去？”
当时的情景历历在目
现在我看到围观的人群
在夕阳的光照下
像一堆橘子
我还看到有两个人

已经脱队

是两名成年男子

手牵着手

向广场的东侧跑去

车子向西开远

我没有看清

他们究竟是去了哪里

1998

细节的力量

她记住了那个吻

不是因为
此番唇舌间的运动
有什么特殊感觉
只是作为另一个
当事者的他
在完事之后
用手背
抹了抹嘴唇

像是餐后

1998

致敬

街巷笔直
大路通天
迎面而来的行人
黑压压的
谁引我举手加额
内心满含敬意
——一个孕妇
仿佛行于冰面的
企鹅
那么美丽
那么骄傲和幸福

1998

世界初始

不看地图
徒手（用粉笔）
在黑板上勾勒出
五大洲
是地理老师的本事

当她背过身去
在黑板上指点江山之时
她臀部那被黑色绸裤
紧裹的东西半球啊
让我懂得了世界——

美好的世界
比那些粉笔的点线
要性感许多

1998

爱人

你说你真想到
我回母校朗诵的那个晚上去
作为现场聆听的女生重新爱上我
你说不可能是别人了
也不可能有第二个
会爱一个疯子的激情
和一个小丑的美学
你说　我侧过脸去
很多年过去了
我并不悲哀地承认
你说的基本属实

1999

童年的渴意

露天的水龙头
我探着身子
伸长脖子歪着头
去解决一点
童年的渴意
水哗啦啦淌下来
那一瞬间
我喝到了水
舒服了嘴
那一瞬间
我看到风景
看到人
看到
眼前的世界
不是倒的
当然
也不是正的
而是横的

1999

一次性触球

很多年前
一位足球教练
(其实也就是
一位中学体育教师)
告诉我关于
一次性触球的理论
他说要让接球
与传球成为
同一动作
一个
最合理的动作
尽量省去
带球的过程
更不要粘球
后来的话
他是站起来讲的
他的声音
响彻了那所
中学的足球场

•

他说：你的目的
是要用最少的动作
即最短的时间
把球送到对方
最危险的地带去
后来
我没有像他
期待的那般
吃上足球这碗饭
但他的理论
肯定与我的写作
相关

1999

日记

在我生命中的某一天
(真的如此吗？)

上午写诗
下午写诗
到晚上
还是写诗

在我生命中的某一天
(还好！就一天)

1999

耿耿于怀

爷爷总是忘不了
临死还耿耿于怀
1968 年　拎着皮带
把他打翻在地
再踏上一只脚
使其永世不得翻身的
不是军人不是警察
而是一个戴眼镜的人

爷爷总是忘不了
临死还耿耿于怀

1999

中国底层

辫子应约来到工棚
他说："小保你有烟抽了？"

那盒烟也是偷来的
和棚顶上一把六四式手枪

小保在床上坐着
他的腿在干这件活儿逃跑时摔断了

小保想卖了那枪
然后去医院把自己的断腿接上

辫子坚决不让
"小保，这可是要掉脑袋的！"

小保哭了
越哭越凶："看我可怜的！"

他说：“我都两天没吃饭了
你忍心让我腿一直断着？”

辫子也哭了
他一抹眼泪：“看咱可怜的！”

辫子决定帮助小保卖枪
经他介绍把枪卖给了一个姓董的

以上所述是震惊全国的
西安 12.1 枪杀大案的开始

这样的夜晚别人都关心大案
我只关心辫子和小保

这些来自中国底层无望的孩子
让我这人民的诗人受不了

1999

畅通无阻的秘诀

你怎样穿过
拥挤不堪的人群
一声大喝："硫酸！"

1999

灵魂的样子

你是否见过我灵魂的样子
和我长得并不完全一样
你见过它　有点像猪
更像个四不像
你是否触摸过它
感受过它的肌体
我的灵魂是长了汗毛的
毛孔粗大　并不光滑
你继续摸下去
惊叫着发现它还长着
一具粗壮的生殖器

1999

珍珠泉纪事

珍珠泉是一个公共澡堂的名字
我小时候常去那里洗澡
印象中它的样子
是日本电影《望乡》中
妓院的样子
想起它
我还能想起一些旧事
印象最深的一件是
两个男人光着身子
在休息间里打架
那个场面
令当时只有十二岁
毛未长全的我
也感到难堪
该扭曲的扭曲了
该晃荡的晃荡着
动作多多
却收不到效果
场面实在难看

我目睹此景

曾暗自发誓

就算受了天大的侮辱

我也不能在澡堂里

和人打架

一定要打

那就穿好衣服再打

1999

MTV

他在虚无的音乐中跳
然后走出

走向大街
走向街边加油站
拎起一只满溢的汽油桶
继续朝前走

走过无垠的草坪
绕过一幢孤独的白房子
走向树林
树杈间有太阳

继续在走
我们的歌手
帅呆未必
但绝对酷毙

继续在走
补一个镜头
手中拎着的汽油桶
一直在漏

草坪上露珠般的油
街面上水滴般的油
镜头闪回
我明白了导演的要求

果不其然
在路的尽头
当油漏完那最后一滴落下
他打开了火机

就这样
火连着他一路烧回去

1999

点射

阵地前沿的狙击手
选择了轻松的玩法

传单飞舞
仿佛撕碎的天幕

那只被制成标本的鸟儿
神秘地不知去向
这梦中才有的感觉
我把它写成诗行

老虎瞧了也会感动
我用被烟头灼伤的手指
轻轻地解开那个女孩
衬衣领下的第一颗纽扣

啊！大猩猩　大猩猩
你笑得那么忧郁
那么终极

穷极无聊
拨个电话给太平间

战争只剩下弹片
在你左右盘旋

荆轲上路的那天
风萧萧兮易水寒
这是扯淡
荆轲上路的那天
壮士一去不复还
是真格的

今天有两个人来找过我

从不吸毒的贩毒大王
和主张反战的军火商

教授讲拜伦的那天
你也跛了　跛得很风度
你把拜伦的那条跛腿
放在讲桌上
整整两节课　我也跛了

父亲的谆谆教诲
只有一句精辟　他说
对不明身份的女人
死活不要承认
你是她儿子的父亲

我是个无段的棋士
也许我只是一颗棋子
那就是颗黑子吧
这样杀气重些

总是在考完

我补一手

教授说：您是后手

还不至于挨饿

可我总是望着

肉食店的冷库发呆

不要走向孤独

已经有一伙人

站在孤独之处

我在正午十二点钟去铁匠铺

巴勃罗·聂鲁达

一个胖老头

在打铁

脑后有肉瘤

你在都市中寻觅微笑的主儿
只找到一个黑人
把一口白牙呲出

拳击台上
我一拳把对手击倒
裁判在身后
踹了我一脚

失败就是这么回事
你的食指和中指
没有一齐伸直

战争是否真的浪漫
她握枪的姿势很好看
像在弹一把竖琴

磨刀老头在窗外徘徊
整个下午我骚动不安

庄子不是人　他在想哲学
当四面来风　幻影浮动
他应鲤鱼打挺　双掌清脆
不管打死的是蚊子　蝴蝶
还是庄子

海很遥远
属于我的海图
是父亲麻风的脸

摁响这家门上的电铃
电铃的音乐
是《十面埋伏》

隔壁的沈家姆妈
总在骂我
因为我一不小心
踩脏她女儿的影子

在使馆区徘徊
我家那条丑陋的卷毛狗
远远跑来　喊着我的名字
喊着一个中国诗人
短促的名字

爱读我诗的男孩
名叫“男爵”

抄诗时选用糙点儿的稿纸
把狗编辑的肛门擦破

我摘了夏天最后的花朵
隔壁的医院里
又有一个人死去

大雪漫天　惨白一片
你号叫着跑出去

雪地上你已不会言语
把一个雪人
揍得血肉横飞

呼伦贝尔
让我成为男人的床
在帐篷的底下
让我成为勇士的牛角刀
在牧民巴特尔的胸膛上

在哈尔滨遇到一位老白俄
令我想起蒲宁
想起一个帝国的陷落之后
在一个冬天会有一位老人
在他客居的城市里
走走停停

饥荒来临
一个胖子的不安全感
正在升温

父亲的病　在胯下
那是许多年前
他骑在马上
身为骠骑兵上尉
在蒙古草原驱散狼群

这是中国北京
一个春日的午后
有人在兜售不明去向的车票
你所等待的人
一直不来

老藤椅坐在我家
成为家族的镇物

我终于分到新居
带着已老的新娘

导师的飞沫
在我脸上长成雀斑

是谁
在长夜的帐中
独自醒着
一直数到数字的尽头
天却未明

那打不开降落伞的伞兵
摔死在阳光里

午夜时分有人敲门
如果是不明身份的女人
就与她讨价还价
如果是面蒙黑布的男子
就试试那把子力气

这样的日子不是很好
什么都不必斤斤计较
就像你
有时撕去一厚叠日历

有时想不起今天的日期
在这乱世江湖
每一位卡车司机
都会死在搭车人手里

我朴实得就像
一支天坛牌雪茄
但没人告诉过我
我的价码

当马拉多纳迷人的左脚抽动
我就是那只飞进网中的足球
那感觉有点舒服
那感觉一生少见

那时下雪了
在我们背后
雪花伞兵般降落
整个雪原

正是我向你投降的旗帜

我沦陷于这样的生活

进餐时惦着吃相

蹲马桶考虑坐姿

今天早晨　我在

一记电击般的阵痛中

醒来　发现

自个儿的掌纹消失了

特别是那条长长的命运线

已变得无影无踪

我把剪下的指甲

重新拼接在指尖上

你说我还无聊得不够

这个秦俑有觉悟 他说

我不入地狱

谁入地狱?

在沙漠中你找到什么
太阳悬在空中　不动
遍地走石飞沙
连人骨都已风化
你找到古代　一具
押送囚犯的木枷

云彩是飞蝶 行人是跑猪
你将它们一一命中
弹壳飞进　硝烟弥漫
当硝烟散去　你发现
你最后瞄准的那人
也端着枪瞄准你

你坐于黑夜
把手伸向前方
想抓住点什么
手被染黑了
像一种武器
在黑暗中发亮

在夜里
肯定有一架梯子
被人偷偷搬去

好人
站在冬天的街头
把身着裙装的少女
赶回家去

一名乞丐
用肮脏的手
摸着镍币
摸着镍币上
冰凉的国徽

有时候
我真想做一头熊猫
坐在故乡的山坡上
满不在乎地

把一堆青竹啃完

昨夜

与我探讨手淫奥秘的士兵

没有如期归来

长安城

最后的那个人

是一胎

泥塑的兵俑

永被命运的刑警追杀

——我就是

恐怖片中的那个恶魔

使人们哆嗦

自己也哆嗦着

吾皇在床上作战

在锦被中保卫家园

一把老式剃刀

被我珍贵地收藏

它曾在祖父头上

制造出锃光瓦亮的效果

启迪爱迪生　发明电灯

把裤带勒紧的效果

在人类的感受中

无论如何都该叫

幸福

超级球迷的忧患意识

马特乌斯带球疾进之时

其实你看到的是

隆美尔的坦克部队

涉过了界河

美人

你离我而去

是弃明投暗
我永远想得通

放血的感觉真凉

那是我爷爷
一个哥萨克骑兵的小头目
在他马屁股后面的风光里
从来就没有村庄和人

与狗对视
盯得它不好意思

我回头看见了自己
在人丛里
那个一言不发的家伙
满脸阴谋诡计
我喜欢

对比强烈的色彩

一个黑人手捧雪莲

喋血的太阳

在他头顶盘旋

夜里　我梦见上帝

是个越南人

赤着大脚　身背斗笠

一万名杀手

在当代失业

我不能自行解决

我没有来得及阻止

这件事的发生——

一个小女孩

在吹避孕套

存心把人饿死的
资本家　在 1929 年
也参加了劳动
他把牛奶
倒进大海

摇滚乐手的晚年
只有空气可吸

曾几何时
那个双目喋血
朝东打坐的
盲者　双手
摸到黎明的曙光
稀薄而冰凉

法网恢恢
我是漏网之鱼
我的腮帮刺着“坏蛋”
但那一天我蒙面

不要责怪我的荒唐
床下的鞋子有两双
激起我色情的联想

只要有白面
我们在脏而乱的东方大陆
一样升天

把汉字
大卸八块的痛感
游移在我的体内
再疼我也要接着干

和老外一起洗澡
我他妈也小不了多少
亲爱的女同胞
你们可曾知道
你们干吗还跑

伊沙梦见一只苍蝇
抑或苍蝇梦见了伊沙
他和它
可曾都装模作样地困惑

中国　我黄脸的老婆

上帝的传教士说
东方不是太阳升起的地方
你们也不住在大地中央

酋长的女儿
在马奶中沐浴
被纹面骑手破身
望着夏天离去的草原　不哭

我摊开手掌
露出没有的掌纹
令卜者发疯

在这灯红酒绿的城市
今晚你只能面对我
白马王子　最后一个
但我吃错了药
我吃的是春药

是谁
教会我们怀疑
怀疑一个瘸子的步履
怀疑他假肢内部的
发报机

多么豪迈的酒鬼箴言
“喝死只当睡着了！”

洞房花烛夜
听墙根的人听到一声厉喝
“坦白从宽，抗拒从严！”

卫星与飞船上天的年代
仍会有人乘地铁到来
并义无反顾
迷失在地铁深处

美人　你秀色可餐
可我还是觉得饿

幼稚园里与我共过小床
现在已沦为别人的新娘
我的心操得远点儿

大师住在东城
而我向西
去拜访大师的
情妇

青年牧师还是个诗人

我看见过他写作的情景
抱着圣经在抄
上帝在发笑

我有特异功能
我会意念转移
我能把银行挪到我家来
我能把美国挪到咱们中国来

最后一点英雄主义的念头
是到寡妇村去
当她们的村长

加足马力
在他们指引的金光大道上
反向狂奔 拒绝做人
他们的人道主义激素
使我完美地发育成
一头身强体壮的兽

今天我们满心称羡的这位爷
将搭乘一艘万吨轮状的异国富婆
驶往大洋彼岸
乃吾国吾民现阶段理想之高岸
因为年轻有劲
因为手段

在这夜深人静的时刻
唯有那笑容可掬的皮条客
对我流露关怀
他轻轻地说
“请跟我来！”

不是我不走运
仅此一条街上
我就十八次与运气相撞
但那些不走运的运气
却落得这般下场
被我撞得头破血流

被宇航员遗忘的实验最关键
请他（她）们表演
太空中的性交　悬浮着
没有床——什么做支点
被宇航员遗忘的实验最关键
关键是——他们不敢

这世界给我们感觉
就仿佛被人抓住了裤裆
那感受复杂
不仅仅是疼啊

嘿！豢养宠物的女人
请你豢养我

这只古旧的瓶子
价值连城
在过去的岁月中
用于存放砒霜

人们所说的爱情在缓缓下移
从柏拉图的脑袋开始
移至罗密欧的脖子
如今它在我们肚脐之下
大腿之上的地方
发痒

那女孩告诉我
昨晚她梦见了蛇
她是我中学的同桌
那时我们都不认得
弗洛伊德　那时
我们都还天真烂漫

同性恋者小 B
是戴着大耳环
来找我的　他说
吾与汝诗
同属前卫

今天　风花雪月全部到齐
将审判诗人犯下的罪行
以强奸、猥亵等罪名
判处他们各自不等的徒刑
罪证确凿
我可能被处绞刑

我腹中横卧着猪的尸体
与我这具活尸一起经历生死的
轮回　有种种迹象表明
它们将在冬天过后的日子
转世　复生　一切都到了
该清算的时刻

亲爱的
树上的鸟儿在鸟巢里
我们在床上是美丽的

我用特异功能的双眼
看见自个儿的良心

在一条狗的腹中
蠕动

一头狼探出脑袋
在你窗上
哲人般瘦削的面孔
像在严肃地追问

中学时代　过得一般
没有爱情　爱人还没长大
我在课堂上被人驯着
像一头聪明的大猩猩
高兴时拍拍胸脯
沮丧时弓起脊背

别碰《史记》
——司马迁的阳具
一名
刚刚获释的囚犯

在高速公路上看见了
幸福的黄手帕

罐头鱼
蜷缩在瓶子里
梦见海

我把一只寄居在
我身上的虱子
一口咬开的声音
使我灵魂
戛然出窍

考古学家所挖出的
恐龙白骨
上面有象形文字
赫然刻着他的名字
狂笑不已　这是他
毕生的发现

我们一道
在通往地狱之路赛跑
看谁跑得慢

我无法掩饰
心中的恐惧
当我在鬼节当天撞见一个人

你把一叠老扑克
往我腿上一摆
就开始装巫婆了
那天你算得那么好
怎么算
你都是我老婆
我还是怀想我操过的日子
把一枚图钉摁进大床
我还是想住我住过的车站
他人住不长久
我还是想玩我玩过的手枪
打哪儿是哪儿

看见自个儿的墓志铭
我他妈笑出了眼泪
——生如行尸走肉
——死无葬身之地

大江东去
浪淘尽
千古风流小人

有一天你会看到人类的飞翔
不是像鸟儿而是像导弹
冲着他们仰望的太阳

体内的火药泄漏
炮弹就不再是炮弹了
这不同于
梦遗之后的人仍是人

欲哭无泪
我的同胞将盐大把地撒入水

他仍旧把爱情与哥们儿义气
混为一谈　只有这样
他才能够理解为什么
那个女哥们儿随时都可以
把他背叛
在海洋深处的一次游行中
电鳗充当了可耻的警棍

在你砍掉了脑袋的下方
我的身躯依然耸峙是一座活火山

鸟葬
一把弹弓
给它陪葬

在一年四季的床上
八月搂着十二月睡去
这是每天晚上
很多家庭

常见的景象

冰块在砖窑里燃烧

令烧砖的犯人们感到惊奇

并痛哭流涕

翻译家把我的诗作译成英语

译得颇似黑人的手笔

我说：正合孤意

他垂钓的危机在湖上弥漫

雾　一般他看不见

鱼儿在水下集结

密谋着：“把这个胖子钓下来！”

照相机对工具论的反抗

就是疯狂地

曝光

为爱所伤
你嘴里的那股甜味
使我尿糖

死亡只有通过沉默来表现自己
所以它很静
所以我认定
那个在我面前保持沉默的人
是个死人

和平主义者纷纷戒烟
他们在一个早晨醒来并且发现
烟盒里的香烟
颇似子弹

还原成胎儿之前
他忘记了摘下手上的戒指
当他转世 就变成一只
戴金箍咒的猴子

所有的头颅
都在渴望一顶金冠
我渴望着
用我的头皮
为这金冠加冕

历史留下一把生锈的剑
你千万别把它擦亮
如果那样
它会变得不值钱

他早就有过大风大浪的经历
在娘胎汹涌澎湃的羊水里
他口吐泡泡
游得像条娃娃鱼

当我确信太阳
就长在自己脖子上
之后　看谁
长得都像向日葵

我蔑视所有出剑漂亮的对手
不用看
我深知他们的破绽

我曾经目击这样的景象
在聋哑学校的操场上
全体学员
站在麦克风前歌唱
如果大地上的烟囱
喷吐出的是泉水
人类就会把它视为图腾

地铁的修筑
更进一步证明我们是
都市的老鼠

我们已经亲密无间
如果避孕膜不算

最早的冒犯在童年的街边
我用弹弓打灭所有的灯盏
尽管我也并不喜欢黑暗

死不瞑目
他在文学史中所占的页数
不抵其棺材板的厚度

多么可怕
在这个国家
对违犯交通者的惩罚
是责令其指挥交通
我永不懈怠的努力
走火入魔
使我成为古寺中那盏孤独的长明灯

伟人将历经难产
有多少伟人没有涌现
是他们的老娘
怯阵了　不生了

在欲望短路的地方
故事里的男女
开始谈理想

这个男人眼角忧郁的眼屎
给我的下午
添了点恶心

把所有的美酒
都注入我胸中
现在该轮到尔等空虚了
酒杯和酒瓶

求爱信发出之后
你绝对这样想
那毫无反应的妞
一定是读不懂你的信
这样的智商
不配做你孩子的娘

在天地之间
我拥有一个踏实的信念：
好死不如赖活着

谁比谁更有分量
我的影子竟比我本人多了十磅

镜子站在镜子的面前
镜子批评镜子说：
“你过于平面不够立体”

当金砖成为赌桌上的筹码时
赌徒之心已不在赌

从国旗上剪下一块布
做成一条红色的短裤
为此在这个夏天
他被拘留了十五天

这个手续办起来比较麻烦
他请我交出三张猴子的一寸免冠照片

因为押韵
所以在诗句的尾端
总会有一双丑陋的小脚出现

海底的漩涡是鱼儿的厕所
天然的抽水马桶

我终于明白了
二踢脚就是导弹的前身
我也终于理解了
那个浑身捆满二踢脚
点火上天的人

地球
这头老兽的脑袋上爬着

五十亿只吸血虫
它竟然连甩一甩脑袋的脾气都没有

他执意要听音乐
森林深处的重金属
他听到了
伐木的电锯

当眼神成为一个神的时候
我被愚弄得不知自己长没长眼睛

我总是收留
在黎明到来之前来不及返回地狱的鬼
于是被地狱的判官判定犯有窝藏罪

当你前去放生的时候
见到的情景使你暗自心惊
那只鸟已开始在笼子内部
用它的嘴加固着鸟笼

多么解爱
你娶了你的所爱
与你的情敌所生的女孩

在崇尚娶护士做老婆的年头
我们总是显得弱不禁风

我们的希望在于
我们已没有希望
但每个人都愿意自己去看
希望鸡飞蛋打的下场

在紧要关头
骨头也可以刺穿
包装它的肉

文明是一种说法
另有一种说法是

光脚的不怕穿鞋的

作为侦探
我在教堂凶案的现场
采到了上帝的指纹

这支黑人的部落集体脸红
旁观者视而不见
以为他们无动于衷

可曾记得那个夏天
我们都害了红眼
彼此望一眼就会传染
不互相咬一口好像挺亏

不借助药物
怎样抵达感觉的极端
最简单的办法是

把自个儿倒吊起来

童年
那是英雄辈出的年代
也是认贼作父的年代
一个徒手掰开核桃的小伙
就征服了我
最后一招也不见得你会接受
一头吃饱的狮子
把我捎给了你

他知道属于他的日子
已没有几天
因为他碰巧住进了
他出生的那家医院

他的寿衣是名牌的
火化时引起了一阵惊叹

好汉！在他被开膛破肚之后
还不断地伸出大手
把几只不明事理的苍蝇驱赶

为了纪念布鲁诺
老教皇又一次宣判火刑
这次被判决的是上次的火

把枕头绑在肚皮上的那个姑娘
诱使我写出爱情的绝唱

天遂人愿
他终于出名了
因为长了一颗瘤子
以前只在猴子身上长过

我最怕我要造访的人家
有进门换拖鞋的规矩

令我兜也兜不住那么点儿底

围绕钢琴的行为艺术
艺术家躺在黑白分明的键上
在轰鸣声中鼾声如雷

永远不败
他系着终点的那根红线
系成了自个儿的裤带

低下头去
从自己的裆里看太阳升起
感觉是自己下的蛋
我们无法测量
人体汗毛孔中灰尘的储量

这样的礼物
我怎么消受得了

生日那天
我接到一头从泰国
空运而来的人妖

战场上片刻的和平
是我的枪突然发情
一头扎进你的枪套

幸福就在街角
那些要多少就给多少的避孕套
他要大号

当飞蛾改扑电灯的时刻
古老的悲剧变成了游戏
穿长衫的诗人觉得很没趣

他把老婆的丰乳膏
当成了面霜

这天早晨 八个同事
都说他胖了

在现实的鞋架上
我把脚伸进上帝的鞋里
染上没治的脚气

人类还有一个缺点
就是人类还长着肚脐眼

难道尊严的体现
只在于那颗被打落的门牙
吐与不吐之间

林中深蹲的感受
一泡屎的工夫
拉出了一片野花
当雨后春笋扎在你屁股上的时候

你知道这不是幻觉
是万物生长
淘金者沉默了
因为沉默是金

总是有许多诗人不顾化学原理
把一瓶浓硫酸置于语言的唇边
玩的就是那个险

亲爱的
在外星人的动物园里
你和我
被幸福地关在同一座笼子里

这个剑客被愚弄了
扬眉剑出鞘
他的剑鞘中是一把
更小的剑鞘

失恋是冷饮店不出售双色冰激凌的夏天

遭遗弃的人
国境线从他两腿之间穿越
他臀部的东西半球上
各有一只硕大的鞋印
我喜欢自由
可见不着警察的自由
又使我觉着没劲

报纸上连体婴儿的报道
并未使你觉得新奇 你说
每个夜晚有那么多的男女
都是连体的

亲爱的司法部长先生
给奸尸犯判的刑期
应该到阴间去执行
您——先请！

在某些时刻
没有什么比这更加紧急了
你裤子上的拉链
突然锈住了

千万不要上当
哲人们在他思想的经期
所排放的血
是不真实的
在雪屋中点灯的爱斯基摩人
令某些超现实的诗句
变得毫无意义

不许放炮的除夕之夜
孩子们弄来一大堆雷管

这是他修成正果的一天
作为文物出土
却在镁光灯的闪烁中

晕眩呕吐
毫无风度

寂寞仿佛鳞片
火柴盒是空的

你再也不会觉得多么孤独
此刻　在医院的急诊室里
大夫们在阅读你的心电图

人类不过是一团细菌
那么战争
又有什么大不了的呢

我对非洲的向往
出自一种寻根的愿望
我想看看那些饥饿中的孩子
就是我小时候的样子

治好瘸子的唯一办法
是把他不瘸的那条腿
也打瘸

哲学家把光明和黑暗的关系
阐释得老少皆宜
可猫头鹰听不懂
发出了阴冷的笑声

是悲哀还是幸福
他喝了一辈子才喝出
酒吧之意
并不在酒

青梅竹马的故事说来话长
三十年前的一天
身为精子的我
与身为卵子的你
相遇在某个地点

种族主义者远远地躲着我们
像躲着刚刚油漆过的家具
我偏要将我黄色的漆
蹭在他（她）们脸上
当然　我会选择美丽的姑娘

“文物局长算不算文物？”
他准备出售他的爹

酒混起来喝更容易醉
因为两种异性的酒
相遇在我体内
顺势干了些剧烈摩擦的勾当
弄得我也跟着晃荡

谁说飞机不会下蛋呢
您瞧！那架轰炸机

沮丧透了　那年冬天

在你前往的每一个约会地点
只有一条孤零零的野狗
把你深情等候

他咧嘴一笑
吓了我一跳
他的嘴里没有牙
只见上下两排牙刷

赌王也会向手下展览
他搓麻将搓出的老茧
就像打铁的师傅
对徒儿们所做的那般

他出生时手握脐带
像骑手紧握缰绳
他生下后的全部感受都体现在
用吃奶之力呼出的两个字上：马马

我无视任何坎坷的征途

绝不是怕吃苦

那皱纹般的坎坷

证明那是条老路

阿弥陀佛

在我体内的墓地里

立满了猪的墓碑

那是一声营养过剩的屁

释放的全是底气

你在看画

墙上悬挂的那幅人体画

突然开口说话

看一眼是君子

摸一下是小人

如果我是一只老虎
我一定要继续吃人
但保证吐出骨头

冲锋号吹响的时刻
他跃出战壕
又茫然站定
他想起小时候
父亲给他把屎
吹响的口哨

血染红旗
定然有科学的根据
所有士兵望着它
都被激起杀伐之欲

他一生都在使用伪劣商品
但最后　用来上吊的那根绳子
是名牌的　绝对结实
耗尽了他一生的积蓄

妒火中烧
一辆四轮马车冲上了
飞机的跑道

打死她也不会明白
为何我手执一株棉花向她求爱

过河拆桥的故事
显得过于古老
在下个世纪
当人们冲过百米跑道
就举起斧子剁自己的脚

将皮带勒在自己的脖子上
风光

国泰民安
几个暴民砸抢钟表店

他们赤手空拳
要从老板手中抢回时间

母亲将终生恐惧
在她生我的那天
她的子宫冒出一缕轻烟
我大头冲下
以喷气式降临人间

地球上最后一头恐龙
看见一群手执长矛的猴子
正朝它逼近

我家庭院中的每一片绿叶
都被祖母腌成了泡菜

我为
父母苟且偷欢的一次忙中出错而出生

永恒只比我们尸体的长度
多那么一毫米

中国很大
他站在地图面前感慨万端
高昂的脑袋转瞬又耷拉下来
他发现他和另外几百万人只能共占一个黑点

渺小在患病之后
浮肿的那张脸
被鼓掌的医生称作“伟大”

你骂我是色鬼
你是在夸
自个儿的美

肯定是病毒造成了汉字
的繁简两种统一也靠病毒

在月亮的引领下
回归故乡
故乡的意境
一定像月球般荒凉
黑白颠倒之事
时有发生
记者们常常把他们的新闻稿
带入洗像的暗室

作为酒鬼
我在年少时就领会了
酒瓶被喝空后的用途
它是件顺手的兵器

小师傅没忘记
在给啄木鸟打制棺材时
把材料换成铝

事故的起因
农民出身的船长
用犁划开了甲板
他的——一亩三分地

你在进餐时发现
即使抛开了
利益的纷争
你和一只苍蝇
照样谈不拢

人类是怎样踏上了
地球的贼船
就这么被它驮着
在宇宙中疯狂地旋转

目击了面包吞咽下去经过消化
又被排泄出来回到地里的过程
麦子们对日后的命运已无所谓

作为光头党党员
他还真拿不准
在本党主席的竞选中
他该把选票投给
太阳还是月亮

他一直在寻觅
自己的坐标系
终于找到了自己
在一架瞄准镜的
坐标里

火车头里坐着几百匹马
大地奔驰在轮下
呜——
汽笛喊出了马儿的惊讶

故事里
主人公童年的
第一次梦遗
被安排在棉花地里

棒球王在母鸡的屁股旁摆好了击球的英姿

人类喋喋不休地谈论着
恐龙灭绝的种种因由
人类如此怕死令博物馆中的那副
恐龙骨架乐得轰然坍塌

伤兵们为战役祝捷的时刻
痛饮了吊在床头的葡萄糖
并动用断腿上的石膏
为阵亡者打制了一尊雕像

这是童话中异化的典型
一只苍蝇醉卧花丛

嘿！姑娘　你的脸
注定要成为一张封面
而能否成为《花花公子》的

现在就看你的

他从不动用五官
来识别女人
当美丽的女人出现时
他的肚子咕咕直叫

总有一根弹簧
代表了主人的脾气
当话不投机
就把来客绷到沙发之上
靠近房顶的地方

保护动物
保护面前的棋盘上那匹
贸然过河的马

我请求太阳签署一张

解放奴隶的证书给向日葵
它断然拒绝了 拒绝者
不是太阳而是向日葵

他铆足了劲
射出的一脚
他的鞋像球一般
飞向了球门
愚弄的不止是守门员

博物馆里一个警卫的绝望
比他的死亡更令人忧伤
他手持一把无价的商朝宝剑
愣是唬不住一个现代的小偷

黑暗
最真实的黑暗
对我只意味着
睡眠

高明的作者
在故事里为自己
安排的角色
往往是一件
不起眼的道具

假如你的枕边
放置过我的诗集
我就会幸福地觉得
我曾与你同床共枕过

当牙齿与牙齿咬起来的时候
你听到的是骨头撞击的声响
充满生命的质量

关于大海
我曾写下致命的诗行
“一朵浪花在你肺里绽放”

作为饰物伴你多年

最后的了断

我是那勒死你的项链

1994

风光无限

1

他格外欣赏
自己在生活中的
一招一式
甚至认为借此
便可以征服世界
可每次当他
试图打开一听罐头时
都会弄出血

2

每回在电视中
看到埃塞俄比亚
那里的母亲
那里的儿童
我总是脆弱得
浑身直起鸡皮疙瘩

3

据说栋梁已被吃掉了
只剩下蛀虫

只剩下
蛀虫支撑着这幢老宅子
没了还不行

4

教授说：某些人种的
痛神经相对不敏感

这是大学时代一次
医学讲座中的非医学成分

记录在即将被当作破烂
卖掉的一个蓝色的旧笔记本上

八年后我偶然翻到它
不免暗自心惊并决定不卖

5

主持人激愤地说
“你什么都可以嘲笑
但就是不要嘲笑理想”

我坐不住了　举手发言
“我可以不嘲笑理想
但不可以不嘲笑
关于理想的研讨会”

6

透过爱情展览的巨大橱窗
看见两具相互啃咬的骷髅
脖子以下皮肉尚存的部分
让我依稀辨出了
他和她

7

吾妻老 G 乐于助人

多管闲事
操心他者婚姻
搭桥牵线
多年以来
鲜有结果
仅有一对终成
他们家中
夜夜传出
令人恐惧的惨叫声
成了刑房
是施虐狂与受虐狂的一对
恩爱无比
俗人理解不了的幸福

8

有人偷着乐了

当谣言传回到
谣言制造者耳中
已经不似原初
他信以为真了

9

给日本人一个必要的提醒
是为他们准备的一道菜
一盘炒蘑菇
外加俩煎蛋

10

这应该是在
新英格兰的牧场
或潘帕斯
或蒙古

一匹马奔过来了
在我的意识深处
显得那么
无辜

我急着为它
找到一处

像样的环境

我趴在地图上找

11

他在十五岁时

结束了他的

包茎生涯

徒手解决

血流得比一个

处女还多　一口凉气

倒吸至十五年后的此刻

12

卡加西带着

波姬•小丝

在全世界

打巡回赛

我在年少时
非常羡慕这样的
英雄美人
而现在

我宁愿像贝克尔
带着他的黑妞
在日耳曼同胞的咒骂声中
回到自己的内心生活

13

海军出海
总是遭遇
海市蜃楼里的敌舰
苍天有眼
沙漠中的陆军
也是类似的遭遇

空军呢?
起飞后再也不回
干脆融入那绮丽的幻景

14

回到古代
如何做爱
就算是回到青楼之上
给你天下最美的姑娘
却没有电
事到临头
未等你看清她的模样
她已“噗”地一口
吹灭了烛光
古人做爱
多么黑暗
现在是你
坐着发呆

15

酒鬼如是说
“酒是好东西
我不是东西”

16

她在赶路
这是夜晚
在城市的郊区
一位人高马大的东北亚少妇
围着一件狐狸的毛皮
她在匆匆赶路的行程中
清晰地听到一个声音
温柔地从脖颈后面传来
“你配戴我吗？”

17

一伙朴实的农民
亢奋地擂着腰鼓

作为看客在场的我
他奶奶辛酸得不行
假如这就叫归宗认祖
我宁可相信我的祖先

是一群光腚的猴子
而不是这伙农民

有些话我想说说了
可他妈跟谁去说呀

18

你说那一天
在化学实验室的瓶瓶罐罐中间
我独自饮着酒精
用一只小小的烧杯
且瞪着血红的双眼
死盯我中意的小妞
且高喊情敌的姓名
呼他到操场练练
嘿！那时我一脸的沧海桑田
在酒精灯的火苗之上忽隐忽现
你说那时我比教父还他妈教父
竟没有一个小妞表示对我垂青
她们都说我："有病！"

19

弹子游戏
孬蛋总输
他说
都欠着
后来他杀了人
为弹子游戏
那人
坏了规矩

后来
我们去看游街
有很多人
朝前猛挤

五花大绑的杀人犯
伸着脖子冲我喊
“十八个弹子
下辈子还”

20

他

是武则天

面首之一的

第二十五代孙

因此

他是当朝的一个官

21

“先封眼！”

我在少年时打架的经验

无法触及

你要的本质

而打架就是打架

不是什么斗殴

当板砖拍上去

当棍子抡起来
岂容你瞻前顾后
杂念乱闪

在打架中手软
是不负责任的表现

你所面对的人
不易分辨

打你的和被打的
至少是两种人

一种要打到见血为止
一种要打到断气为止

22

在省立医院中药房
我看见一位抓药的
姑娘很美

便不由自主地

想请她加塞儿插队

也许她并不是

来给自己抓药

而在我的眼中

她病容妩媚

望着那纤弱的背影

提着一包草药离去

我竟忘了抓药

紧紧地将她跟随

怀揣这样的审美

我不病也病了

我不病还会有谁

23

榜样的力量是无穷的

每当我因故

写得少的时候

就会想起乾隆爷来

他吃喝嫖赌玩权术

可写诗不耽误

今天谁能够

我不得不佩服

佩服

24

绞肉机已经买回

很长时间了

被闲置着

落满灰

我还是喜欢

在古老的案板上

(那是一棵

老树的横截面)

举刀而剁

那份快感

不可名状

无以替代

25

夕阳落山
那一定是
谁的头被一把
大铡刀砍下　滚落
血流一地
红霞满天

这番暴力的图景
并不意味着营建者
是一位嗜血者
作为一名诗人
他早已被平庸的意象
逼得走投无路
这是围棋的胜负手
狗急跳墙的一招

26

很厚　金黄
地毯般的麦田

它的尽头
有几顶草帽移动

雷声滚过
暴雨欲来

收麦者劳而无功
急煞人也

低低的乌云
已搭在他们肩头

猜我也能
猜出他们

三顶草帽
三个诗人

27

儿子的夏天是在
一只矮脚的电扇面前

跳舞　光着屁股
像一支部落的舞蹈
面对图腾之物
这个夏天我感到格外炎热
那是承受了两个人的热度
为买不起空调而内疚
并奋斗——少写诗
多写点卖钱的无聊文字
整日反复察看儿子身上的痱子
感到自己从未在一个季节里
陷得如此之深

28

在去陕北的路上
车里放着某人的歌
《上苍保佑吃完了饭的人民》
写歌的那主儿
是我的一个哥们儿

陕北在窗外

暴晒于七月的毒阳
亲爱的哥们儿
听你那歌我不是滋味
依我愚见
还是让上苍先保佑
那些没吃饭的人民

29

整个下午
喝茶的人坐着
杯中黄颜色的水
你完全可以
把他们想象成一伙
喝尿的人

30

“我想
嫁给一个海员”

这是一个姑娘
说的　当时
你我都在场
我还记得你说
她天真
喜欢幻想
而事实上
她淫荡
这是她二十岁的
荡妇宣言
正确地预示着
她后来的成长

31

盛世的礼花开放
寂灭于一个僧侣眼中

盛世的礼花开放
他背朝今夜的天空

32

心比天高的女人
却要遵从这样的俗理
征服男人而征服世界
可世界啊为什么是个老男人
谢了顶 大腹便便
心绞痛发作于床笫之间

33

三个傻 × 在湖畔钓鱼
是他们自己——其中之一
手执大哥大　使劲嚷着
向世界宣告着——

“喂！喂！喂！我在钓鱼！”
这就是城郊的某个游览区
假日的湖畔正在钓鱼的
三个傻 ×

34

闯入者
有目的
一头黑猩猩
来到我们中间
他说他要逛一逛
世界上最大的动物园

35

从东直门到木樨地
出租车沿着长安街
爬行　车子经过
世界上最大的一块空地时
戴眼镜的年轻司机
打开了音乐　此时此地
由他请出的罗大佑
在我耳中有点变形
“北京不是我的家
我的家乡没有天安门”

36

没事儿就打打电话吧
信手翻开号码瞎打
串线
你打入一对男女的奸情
并卷进一桩案件

37

唯一的道具是大灾之年的一块烧饼
唯一的布景是座破庙风雨飘摇
唯一的情节是作为男女主人公的
你我将那块烧饼一分为二然后吃掉

38

伸手撩开他灰布长袍的下摆
我想在老太监下面的伤口中
感知历史的疼痛

毫无血腥那完美无缺的伤口
没有破绽仿佛出自一只高手
的巧夺天工

让所有最现代的变性手术
全他妈傻眼他背朝我们
蹲着撒尿的姿势拒绝象征

39

在极地之侧诅咒黑暗的
诗人是可耻的
只为诅咒
他或许可以说
光明也是一种黑暗

在极地之侧诅咒黑暗的
诗人摇身变成
一条乌贼
在冰河中释放的那团黑
正是灵感构成诗篇

40

你来信说你结婚了
你终于嫁给了他
组成两个男人的家
我热烈祝贺
我亲爱的朋友
终于追上了美国的速度

你来信说你怀孕了
你终于怀上了他的孩子
真是一种幸福的呕吐
我热烈祝贺
我亲爱的朋友
终于超过了美国的速度

41

石灰纷扬
仿佛一场大雪临降
我嗅到硫酸的气息扑鼻

看见一场白色大火

一辆火红色的消防车

呼啸而来

我成了爱管闲事的人

犯了谎报火警的罪

42

那孩子腼腆了

缩手缩脚的

祖母的假牙

搁在柜子上

距他一米远

43

那厮尖叫起来

在国宴上

有失体面

他说他在

一截肉肠里

吃到了一片

人的指甲

44

电视里正在播送天气预报

在晚间七点半

而老爷子宁愿相信报纸

这是几十年的老习惯

而我宁愿看他的脸

对于天气可以掌握得更加全面

明天晴转阴风力三到四级风向偏东

最低温度 24℃最高温度 35℃

45

他提防了一辈子

万无一失的防范

老者风度翩翩功德圆满

八十大寿接受众人拜见

众目睽睽之下

他要站起来讲演

一生中致命的背叛

来自发福的腰间

青梅竹马的皮带

断于一旦

46

关掉电灯点燃蜡烛

像大师那样写作

在昏黄的烛光里

我见你手握鹅毛笔

在印花的稿纸上

煞有介事优雅地挪过

半明半昧的脸

吓破了鬼的胆

47

候机大厅的明亮
有人炫耀着他那脱臼的手臂
像一截挂在嘴边的面条

甩来甩去
窗外是阳光普照的机场
一只银色大鸟正待起飞

有人倒吸几口凉气
退掉了机票
而他继续炫耀着

用那面条般瘫软的
手臂拎起
一只硕大的皮箱

48

你从未料想会出现如此局面
当你的剑把蓝天劈成两半

所有对手都在高喊
我是你师傅
你从未料想会出现如此瘪三
而你的手已经收不回你的剑

49

那高悬在剑客头顶的
不是一把剑
而是一支笔
一切全凭运气了
那躲在阁楼上的文痞
今儿心情好
他决定让剑客
在他的专栏里
多蹦跶两星期
然后死去

50

一支跳动的粉笔

在黑板上打滑
突然发出尖锐的声音
一个女生当场毙命
双手来不及捂上耳朵

我们也曾听过玻璃刀
划过玻璃时所发出的
假如是一万把玻璃刀
一齐划过一万块玻璃呢

那声音不同于去年
在摇滚演出的现场
一个老汉手捂胸口
一命归天
他剧烈发作的心绞痛
具有强烈的时代感

51

那人是一个纸人
坐在河岸吹箫

夜色笼罩
箫声是没有的

你听到的
是大风起兮

52

芹菜芹菜五毛一份
这是大学的食堂
买芹菜的队伍长长
男生居多

这是人所共知的秘方
芹菜有避孕奇效
杀死精子免遭开除
芹菜我们热爱

大学幸福的时光
口吐芹菜的绿味

53

我天天蹲在野地里拉屎
通过这样的办法感受大气

我感到凉自肛门朝上

54

牙疼不是病疼来要小命
我手捂腮帮在某医院的
走廊上横冲直撞
像一只无头苍蝇
情急之中竟误入妇产科
引来几声尖叫

在一台观察胎位的仪器上
在一生中偶然遭遇的这个瞬间
我头一回看到幸福的形象
那是胎儿在娘胎里

后来是在神经科
面对几名医生
他们问我幸福之外的
一些常识

我答非所问喃喃自语
十月怀胎一朝生仔
我们的幸福
能有多久能有多久

55

地球在谁人胯下谁人裆中
既然它是人体贮存生殖基因的仓库
那么与之对应的另一个居于何处

56

陪太子读书
要装得比这傻帽更傻

天上飞过一只大鸟
我与之一道拍手称好

陪太子下棋
摆一盘赢不了的棋局
太子太子黑的红的
卒车马炮都是您的

陪太子玩剑
留给他百般破绽
偶尔真出一剑
就挑破这厮的裤裆

陪太子骑马
我就是那匹小马
低着头向前走
时刻准备尥蹶子

我想这妃子养的太子
龙种是王八的蛋

57

1968 年
美国人吉米
伟大的吉他手
在他的弦上
把美国国歌
拨弄成枪炮和飞机
轰炸的隆隆巨响

1968 年
我的爸爸
平凡的父亲
在给我把尿时
用口哨吹奏
《义勇军进行曲》
被定性为现行反革命

58

我是一只小小鸟
想要飞也一定会飞得老高

有一天我张开翅膀飞上天宇

迎面遭遇了一架飞机

我想躲它可已经来不及

我是在天国的收音机里

听到它坠毁的消息

对于我却只字未提

59

姑娘漂亮

走在街上

沐着三月春光

沐着上午十点的阳光

沐着橱窗玻璃的光

沐着街边车辆后视镜的反光

沐着广告牌黯淡无光

沐着自身发出的光

沐着无限风光

沐着三两男人猥亵的目光

漂亮姑娘

走在街上

60

我是个绝对自信的人
我想站在哈哈镜前
与世界上最美的美人
比个高低

61

你看见那女人的背影是爱情的背影
有一条垂直的长辫泛着黑漆的光芒
蓦
然
回
首
你看见那女人的面孔是没有的面孔
又一条垂直的长辫泛着黑漆的光芒

62

那姑娘在走

无所畏惧

走过天桥、街巷

虎狼的人群

那姑娘在走

走过钟声的教堂

走过 1966 年的

枪林弹雨

在人民医院

妇产科

生下我

63

送昭君出塞的男人

都跪着

不是她

留不住家园

今天

是你送女儿出国

真不必太难过

64

那狗在太阳下跑过
叼着一根刺眼的骨头
悠闲
自在
天空像一块大蓝布

那时你感受到风
感受到阳光
只是一根骨头的形状
狗的面孔
让你想起了
我　像一条
庄敬自强的狗一样
满不在乎地
跑过这世界
跑过你

65

回到长安去吧

在一个新鲜的早晨
它会为你打开城门展现集市
回到长安去吧
开始生活　日后
管你出人头地
还是默默无闻
哪怕沦落街头
都请记住
你还拥有 长安
这座没有失陷的城池

66

夜里　他游过拉萨河
所有猎狗都在叫
“藏刀，二十块一把！”

67

你索回的是床
但把床单留下

68

快餐店的飞翔
一只撑死的苍蝇在飞翔

厨师留在面包上的指纹
证明是他杀了人

69

本命年
一匹系红裤带的马
走进城市　马失前蹄
在广场中央路面平坦

70

始皇！再坑我一次

71

国家甚幸

诗家在酒楼吃闷酒

有人提议

拥后主再度登基

领我现代诗前趋

72

图穷匕首见

杀不杀死是次要的

看那王绕廊柱乱窜看那王

像一头受惊的叫驴

而对于刺客来说

杀不杀死是次要的

73

口含双筒猎枪的男人

吹出的绝不是

箫声

74

武士推开酒

把酒喂给剑

在他翩翩的衣袖里

还藏着一名小小的

少女

75

南方大水　这个夏天

一贫如洗的我

也赶来捐献

我要剥下身上的皮

制一艘人皮筏子

开赴灾区

76

白衣天使摘下口罩
吓了我一跳

77

在某个年代
百姓无聊
对哀乐过敏者
实在不少

78

在中国
我是熊猫我怕谁

79

打断的尾巴还可以接上

那家伙应该有毒
那迅速爬过
童年夏夜的壁虎
像条鳄鱼已经成精

80

和平如此轻松
不轻松的
是军工厂的职工
为国造枪造炮
的工人阶级
还没有掌握
为民造点儿什么
当我听说
有人不堪其苦
举家跳楼
便一改初衷
硬撑着
冒充杜甫

81

东风吹　战鼓擂

现在世界上

究竟谁怕谁

不是人民怕摇滚

而是摇滚怕人民

82

“所有经过我的男人

都他妈得怀孕！”

83

灵感空袭而来

我在一本随身携带的

小本上写诗

那是我

写作的

正常状态

你看见了

你说

“又在写着谁的咒语？”

1998

图书在版编目（CIP）数据

车过黄河 / 伊沙著 . —杭州：浙江文艺出版社，2016.12
（伊沙诗集）
ISBN 978-7-5339-4729-3

Ⅰ . ①车… Ⅱ . ①伊… Ⅲ . ①诗集－中国－当代 Ⅳ . ① I227

中国版本图书馆 CIP 数据核字（2016）第 288692 号

责任编辑：闻　艺
特约监制：李淑敏
特约编辑：李柳杨
封面设计：周伟伟

车过黄河
伊沙　著

出版发行　浙江文艺出版社
地　　址　杭州市体育场路 347 号　邮编 310006
网　　址　www.zjwycbs.cn
经　　销　浙江省新华书店集团有限公司
印　　刷　河北鹏润印刷有限公司
开　　本　889 毫米 ×1194 毫米　1/32
字　　数　144 千字
印　　张　9.875
插　　页　2
版　　次　2016 年 12 月第 1 版　2016 年 12 月第 1 次印刷
书　　号　ISBN 978-7-5339-4729-3
定　　价　55.00 元

伊沙诗集

卷一 《车过黄河》
卷二 《鸽子》
卷三 《蓝灯》
卷四 《唐》
卷五 《无题》

磨 铁 读 诗 会